鵺《ぬえ》退《たい》治《じ》
坂本龍馬暗殺異伝

和田武久

海鳥社

鵺とは首は猿　身体は虎　尾は蛇に似た怪物なり

発刊によせて

河口雅子

「小説は、最初の一行が決定するといっても過言ではない」「小説は、読者に負担をかけず、小説の世界にひきいれるようにはじめるべきだ」と言ったのは、非情の作家といわれた丹羽文雄である。散文は「書き出し三行」ともいわれている。『鵜退治』ほどこのことを沁みじみ感じさせた作品も珍しい。

書き出しの第一音が濁ってはならない、とは誰の言葉だったろうか。今はもう忘れてしまったが、そのことも充分心得たものになっている。会話から始まって二行目もまた、なめらかに豊潤な営みの姿を伴って追い討ちをかけてくる。

「書き出し三行」は一冊一編の小説を読み終るまで、その余韻を引き摺ってゆくのである。

和田武久さんからの原稿が届けられたのは、平成十九年の初夏、重なり合う緑葉から光の雫がしたたる楠若葉も美しい季節だった。音信が絶えてからもう二十年が経っていたかもしれない。久しぶりの原稿で、健在であられた、という安堵の裡に封を切る。

――抜本龍馬暗殺異伝――と副題のついた『鵺退治』。「五、六年前に書いた古いものですが」と添え書があった。内容はおおよそ見当が付いた。未だ龍馬の死には不可解な部分がつきまとっていることから、どういう展開になるのか興味をもって読みにかかった。

そして、書き出しである。あっ、違う。これまでの和田さんの作品の多くに見られた筆の硬さがまるでない。人物、事件、時間、空間という小説が本来備えるべき構成の確かさ、その中に書き込まれた流れるような幕末動乱期の人びとと、その周辺の動きも活きている。

旧来の幕藩体制を覆そうとする未曾有の歴史的うねりの中で、弱小藩愛媛県伊予大洲藩の下級武士二人の男色という設定も、当時の武家社会では日常茶飯事とまではいかずとも多くあった事を踏まえ、刺客となった二人の青年の精神的拠り処でもあったのではないかとさえ思わせる。

和田さんは平戸市の県立猶興館高校の出身であるから、平戸は、わが庭のようなものである。腰をちょっと動かすだけなのに、どこかなまめかしい「田助ハイヤ」は、田助港で風待ちする北前船が、全国へ伝播させたといわれているが、その「田助ハイヤ」もちらっと顔を見せる『鵺退治』。

伝説上の怪獣といわれる「鵺《ぬえ》」は「ひいい　ひょお」と夜、哀し気に啼く渡り鳥「虎鶫《とらつぐみ》」の異称だという。

◉目次

蛍の章

妖艶な女

「坂本さん、しっかりと背中を流しとくれ」

艶のある主の白い肌には、たっぷりと脂が乗っている。

狭い風呂場には湯気が立ち込め、坂本と呼ばれた褌《ふんどし》一つの若者の顔には汗がしたたり落ちていた。その手には大きめの糠袋《ぬかぶくろ》が握られ、浴場の三助の役目のように、女の首筋から背中、脇の下、たっぷりとだぶついている下腹までしっかりとこすり続けていた。その下には隠そうともしていない黒い陰毛が逆巻き、陰部までもが覗くかのように醜悪な形態を見せ、足が広げられているのに、若者は無感動に手を動かし続けている。

肌色は浅黒く、大柄な男である。

「おけいさん、また少し太りましたな」

「嫌なことを言うねえ。姥桜《うばざくら》とでも言いたいのかい」

「若い男の生気をいつもくわえていなさるから、肌は娘のようにきれいですよ」

「私のたった一つの楽しみは、若い男の元気さをもらうこと」

鼻歌混じりに、中年の女はいきなり目の前の男の褌の上を撫で上げた。

「最近は元気がないんだね。薩長を同盟させようと企む天下の注目する男なのに。ここが元気がなくなったら男は終わりですよ」

「私は土佐の芋掘りですけ、元気はあります。今夜あたり社中の皆に合力頼みます」

男は日頃の口癖を口の端に乗せた。

「やはりそういうことですか。金がなくなるとお見えになりますのやな」

「おけいさんが我らの頼みの綱やものな」

「べんちゃらばかり上手うなって。早くどこぞの藩に船でも鉄砲でも買わせて、金でも巻き上げなさいな。坂本さんのいつも言うてる海外との交易の夢も段々遠くなりますよ」

「いや、私の夢は必ず実現させます。その時は今までの恩返しに、おけいさんを一等船室で海外に連れて行ってあげますよ」

「上手いことばかり」

「こんなに世の中が慌ただしいばかりです。今度の長州の木戸さんと薩摩の西郷さんを交えての我ら亀山社中との密談に良い場所はありませんか。おけいさんならお茶の仕入れでいつも旅回りをなさっておられるから、どこぞ安全で秘密の場所、各地から集まりやすい場所ぐらいは知っていなさるでしょう」

「貴男たちなら船便の都合の良い所でしょうね」

「四国も何かと幕府の役人が物騒です。長州にも幕府の目が光っています。薩摩藩の港では遠すぎる。この長崎では話が筒抜けになる」

「それなら船便の西海路にある平戸島は盲点でしょうね。あそこなら良い人を知っていますよ。昔は海賊の島。島も九十九島もあるといわれ、秘密の会談にはもってこいの場所ですよ」

「お茶の産地ですか」

「いえ、平戸島はお茶を栄西和尚が唐国から初めて持ち込んで植えた場所ですが、産地は佐賀の脊振山の麓に移っています。とにかく他人の思想にはあまり支配されない海賊の気っ風の残っている小さな島ですが、勤皇の志というより、自由な海外飛躍の商人を夢見ている人が多い島ですよ」

「それは願ってもない所だ。ぜひ紹介ください。早速、西郷さんと木戸さんに繋《つな》ぎをつけて、平戸島に集まりましょう。時間がないので、早く手配を頼みます」

「それなら平戸島の田助の港にある遊郭の多々良孝平さんの家を使いなされ。あの人は尊皇の気持ちの強い人や。炭屋を兼ねている一風変わった遊女屋の若主人ですが、なまじのお武家さんより肝の座ったお人ですよ」

「平戸島田助港の炭屋の多々良さんですか。それは良いことを聞きました。すぐに山本謙吉を走らせます。おけいさんの添書があると助かりますが」

「お安い御用や」

軽く請け負いながら、女は立ち上がるとくるりと回り、背中を強く擦れと指さした。

「そんなにこすると皮がむけますよ」

男のからかい気味の言葉にも、うっとりと目を閉じて、糠袋の動きに満足しているかのように、うんうんとうなずいているだけだ。背中に浴びる湯にも心地良さげにしている。

やがて女が風呂から出たのは、風呂場に入ってからすでに半刻（一時間）も経てからであったが、豊かな体を浴衣に包み、若い男との楽しみを期待しているのか、豊かな腰を振りながら自分の寝間に向かった。

そこには色目も鮮やかな朱色の夜具と白い衣の敷布が広がっている。

「合力はしてあげますから、今夜はたっぷりと楽しませてや」

すぐに男の身体は女の白い体に引き寄せられた。男はよほど鍛えているのか、その筋肉は岩のように堅く、その力は中年の女の激しい色欲にもびくともせず激しく組み敷いて動いた。

「ああ、久しぶりやな、坂本さんが京から長崎に帰ってから初めてやないかな」

女の声にも答えずに、男の目はどこか遠くを見るかのように細められ、目の前の女の欲望に身体だけで答えている。その逞しい上腕には新しい傷が赤く筋となって盛り上がっており、女の白い指がそれをやさしくなぞっていた。

背中にある赤い拳大の痣を撫でながら、女は言う。

「用心しなされよ。身体は一つ、命も一つだよ」

「大丈夫です。わしには北辰一刀流の腕と、高杉さんからもらった南蛮短筒がありますから」

男の動きが激しくなり、女の身体が激しく跳ね上がった。

「ああ、もう堪忍、堪忍や、もう満足したわ」

女の歓喜の叫びが部屋を揺るがせた後、逞しい男はさらに激しく動くと、女の中に精を放って果てた。

部屋の障子を通して、外からは涼しい風が運んでくるのに、男は白い肉の塊と化した女の身体からゆっくりと滑り落ちて、荒い息をついている。

「これや、これなのや、私の元気の元は」

中年女は満足したらしく、男の背中に片手を伸ばしたが、男はそのままの姿勢を崩さずに身動きもしなかった。

やがて女が厠《かわや》に消えると、男は何事もなかったかのように立ち上がり、部屋の隅の畳に投げられている着物をまとった。器用に帯をくるくると巻き付け、濃密な男女の匂いの残る部屋から出て、外の闇に向かって両手を一杯に伸ばすと、女の居間に向かって歩き出した。

女は先ほどの狂態はころりと忘れたかのように、長火鉢の前に座り、その態度は毅然として、女主人の威厳さえ見せている。店の内外からは、ひそとも人声が聞こえてこない。女主人から堅く言い含められているのであろうか。

（女とは不思議な生きものよな）

坂本龍馬ほどの世間の荒波にもまれた男にも、理解の及ばぬものを見る思いであった。

女は巻紙に筆を走らせていたが、器用にくるくると巻くと、男に差し出した。

「これは多々良さん宛ての添書ですよ。心配はいりません。ここなら皆さんでゆっくりと秘密の話し合いがもてますよ。成功を祈っています。遊女も粒が揃っているはずです」

手渡した封書とは別に、女は手文庫に手を伸ばして開き、

「坂本さん、ここに五十両あります。今は亀山には若い男は何人集めていますのや」

「いつもすみませんな。今は社中には七十人ほどになっています」

坂本龍馬が主宰した亀山社中とは、もともとは、幕府が勝海舟の要望で作った神戸海軍操練所に集まった若者たちが主体になっていた。

文久三年（一八六三）の二月十二日の勝海舟の日記に、

今天下危機極まる。いずれの人か、国家のため万民の塗炭を救うや、我らその任にあたらずとも謂も、天朝且幕府の御為に粉骨し、海軍を興起し、内銃台を設け……。

と記している。

これは当時イギリス海軍の軍艦が、十二隻も江戸湾沖の神奈川に集結したことを指している。これは、幕府に生麦事件の謝罪と賠償金の要求貫徹のための脅しであった。

勝海舟はこのような状況になっても、海の防御策をなに一つ立案出来ない我が国の軍備のお粗末さに、ただちに「海防」体制の確立が必要だと、幕府に進言したのである。海軍の創設と軍備の増強が急務だと説いたのだ。この建議が受け入れられ、幕府はまずは「砲台」の設置を決定した。さらに、勝は「海国之兵備必ず海軍にあるべし、区々として砲台を守るは、我が意にあらず」と主張して、攘夷派の姉小路公卿などを説得した。

文久三年、ついに幕府は神戸村に海軍所と造艦所の建設を決定し、勝海舟に海軍所の総監と毎年三千両の支給を認めたのだ。

……此頃は、天下無二の大軍学者勝麟太郎という大先生に門人となり、先ず客分のような者になり申候。近き内には、大坂より十里あまりの地にて兵庫という処にて、おおきに海軍を教え候処こしらへ、又四十間五十間もある船をこしらへ、弟子共にも四五百人も諸方より集まり候事……。

と、この頃の事情を記した龍馬の姉乙女への手紙が残っている。

勝を切るべしと息巻いていた龍馬は、この頃には勝の人柄に魅かれ、片腕的な存在になっていた。名目も「塾頭」である。またこの海軍修業生募集では幕臣の子弟であろうと、諸藩の家臣であろうと区別なく集めようとしたのは、もはや「家柄」では駄目だという認識が、勝にはあったのた。「一大共有の海局」とせねば、日本は外国に侵食される、という危機感があった。

だか、この志も時代の激動には逆らえなかった。勝海舟の海軍奉行解任という幕府の命令で瓦解してしまったのだ。しかも、海軍操練所が解散されてしまったのだ。困った龍馬は薩摩藩に頼った。薩摩では龍馬たち海軍操練所の若者たちを長崎を中心に活躍の場を与えたのである。これは西郷と小松帯刀などの知恵でもあったろう。彼らは毎月一人頭三両二分が支給された。

彼らの目的は「航海術」の修業である。さらに評判を聞きつけた各地の若者、脱藩藩士なども集まっていた。自然と龍馬は頭目として働いたのだ。

こうした龍馬を頭目とした若者たちをの集団を「社中」と呼び、亀山郷にあるところから世間では「亀山社中」と呼んでいた。この後この集団は海援隊となってゆく。

龍馬の呼びかけで集まった男たちの中には、いかがわしい連中も混じっていたが、龍馬は気にもかけていない。身分も、武士から町人、百姓出身まで多士多彩であり、特に全国の脱藩浪人が多かったのは、来る者は拒まず、去る者は追わないのが龍馬の方針でもあったからだ。

それはこの後、土佐藩に脱藩の罪を許されてから龍馬が結成した「海援隊」の呼びかけ文（海援隊約規）にもよく表れている。


……かつて本藩より脱藩する者及び他藩を脱する者、海外志ある者、この隊に入る。運輸、射利、開拓、投機、本藩の応援をなすをもって主とす。（略）

すでに幕府の中核の藩の主体である武士階級に見切りをつけていたのであろうが、これからは商売人として生きる。それも海外交易を主体とする龍馬の考え方が現れている。もう幕府だの藩だのという時代ではないと、はっきりと冷めた目を持っていたのだ。

「そんなに大勢の男たちが巣食っていたのでは、費《ものいり》も馬鹿になりませんな。薩摩屋敷から当座の金は届いてますのか」

「なにしろこちらは薩摩の情報収集密偵係ですからな、食い扶持はいただかないとたまりません。一人頭五両（実際は三両二分）ほどはもらっていますが、若い連中は夜遊びが激しくて、金はいつも足りません。これで私も助かりますよ」

「無駄使いは駄目ですよ」

「社中の者が丸山の引田屋に揚がっています」

「他人のせいにして、引田屋に深い馴染みがいますやろ」

女の口調に悔しさが混じっているのに苦笑しながら、龍馬は目の前に懐紙に包んで差し出された金を、悠然と懐に入れて立ち上がった。その懐の端に、ちらりと短銃が見えているのを横目に、おけいは言う。

「もう帰るの、お茶ぐらいは飲みなされ。これはグラバーさんからもらったカーフェという異国のお茶ですよ。砂糖を少し入れて飲みなされ」

伊万里焼きのグラスに入った茶色の飲み物を受け取りながら、龍馬はその香りをかいだ。

「良い匂いですね」

しかし、口に含んだとたんに顔をしかめる。

「苦い。まるで胃の薬ですな。これが外国のお茶ですか」

「飲み慣れると美味しいですよ。外国にはまだまだ知らないことがたくさんあります。勉強しなされよ」

「ごちそうさまでした。私には酒が似合います」

龍馬はゆっくり立ち上がると、一礼した。

「ほなら、またお誘いしますね」

女の声に返事もせずに土間に降り、くぐり戸を開けて外に出た。すでに長崎の町はすっぽりと夜の闇に包まれている。かすかに潮の匂いを含んだ風が、家の前に下げられた「お茶売り」の看板を揺らしている。

余談だが、今しがた小遣いを合力してもらったお茶屋のおけいは、長崎の町では大浦お慶と呼ばれた女傑である。勤皇の志士たちを呼び寄せては、小遣いを渡して応援をしている女であり、その代償は若い男の身体で払わせているると評判にもなっていたが、脱藩した勤王の志士たちには、食い詰めた苦労を救ってくれる有難い存在となっていた。志は高くとも生活ができなくては、自然と町中で乱暴狼藉をして金を工面せねばならなかったが、このおけいのおかげで、長崎の町人たちは救われた面もあったのだ。

「大浦のおけいは色気違いで淫乱ばばあ」

世間の評判は、あんまり芳しいものではなかったが、おけいは気にもしていなかった。外国人相手に茶の輸出をして、大きな商いで儲けていた。しかも、グラバー商会やイギリス領事のパークスたちとも親密な商売をして、その信用は大変なものであった。薩摩藩や長州藩、土佐藩などの長崎出役の役人が、武器や船の購入に、このお茶売りのおけいの力を借りることも多くなっていたのである。

「おっ、蛍か、夏になったな」

頬にまとわりつく小さな光を左手で払いながら、龍馬は坂道を上って行った。

薩摩藩長崎聞役

「五代さん、今夜は軍資金はたっぷりとある。社中の連中と酒でも飲みましょうや」

長崎の中心部にある薩摩屋敷の長屋部屋で、二人の男がゆったりとくつろいで座っている。応対しているのは薩摩藩外事係の五代才助、あぐらで座っているのは亀山社中の頭領坂本龍馬。よほど仲が良いのか、互いに遠慮がない。

「坂本さん、またあの姥桜の所からせしめてきましたな」

「今夜は私に呼びがかかりましたので、男妾の役目で金はもらってきました。それにしても、あのお茶屋の後家にはいつでも驚かされます。ああいうのを本当の淫乱女と言うのでしょうな。それに大変な商売上手。武器の調達にはあの後家の世話になるに限りますよ」

「長崎に来ている諸国の若い男たちが、あの女の餌食にされております。それでも金回りは良いし、面倒見は良いし、諸国から来た男たちには有り難い女商人ですからな」

「それにしても女は強い。将来に望みのない男は相手にしませんからな。あの後家、男ならたいした貿易家になりますよ。惜しいかな、女の浅知恵ではどこかでけつまずく」

この茶屋のおけい、後日のこと、肥後熊本藩の若い藩士の身体に溺れて甘言に迷い、大金をだまし取られ身代を潰して没落するのだが、今は盛りの女大商人であった。

二人はそんな戯言を言いながら立ち上がった。

「さあ、出掛けましょうか。今夜は特に蛍が舞っていますよ」

「そうですか、蛍が舞い始めましたか」

「それと、すぐに西郷さんに早便を出してください。長州の木戸さんには明日使いを走らせます。船で平戸の田助の港にて会談の段取りをつけましたので、至急にも繋ぎをつけてください。今夜のうちに書面は用意いたします」

「またどうして平戸島の田助の港など」

「これもおけいさんの紹介です。田助の港に、遊女屋の主人ながら多々良さんという勤皇の同志がいるそうです。そこなら幕府の役人にも盲点でしょう」

「平戸島なら船で集まれる。確かに盲点でした」

「周りは海、島も多い。ばらばらに船で集まれば幕府の監視の目も届くまい」

「昔から平戸島は海賊の島、松浦党の根拠地です。風向きも船にはもってこい。今の我らは海賊のようなもの、結構な場所が見つかりましたよ」

龍馬は長い手でつるりと顔をなでて笑っている。

「早速にも手配いたします」

「薩摩藩と長州藩がもっと強い絆を持たねば、この日本は大きく変わりません。今までの怨念を捨てて、日本のためにはぜひ一働きしてもらわねばなりませんからな」

「薩摩も藩論が変わりました。これからは朝廷を大事に幕府と対決する覚悟です。長州藩だけに苦労はかけません。西郷どんもそう申しております」

この坂本龍馬という男、実に多方面の男たちと交際があった。

「それにしても坂本さんは変わったお人やな」

薩摩藩の武士にしては、ねっとりとした京言葉で、五代才助は感心したように呟く。

「何も変わってませんよ」

「土佐勤皇の人にしては、この日本を外国からの侵略を防ぐために、もっと外国を勉強せねばならないと説くかと思うと、平気で外国の艦隊相手に戦もする。長州藩と薩摩藩と敵味方同士を同盟させようとしたり、松平春嶽《しゅんがく》侯の懐に飛び込んで幕府の方針を変えようともしなはる。私には、あんたさんの心の内は読めまへんな」

「私には恥を知る気持ちはありません。何しろ土佐の芋掘りですから、じっと地面に鼻先をつけて、頭の上に泥を被ったスズメ貝になれますのや。その上を今の日本は大きな嵐に吹かれて動いています。これからの日本をどう舵《かじ》を取ったらよいか、幕府には人材がいません。その風があまりにも大きいからです。町人の力が大きくなりすぎました。我々は若い者だけに、どんな色にも染まっていませんから、これからの日本を動かす力になりやすいということでしょうね。幕府の改革を考えていましたが、理解できる人間は勝海舟先生ぐらいのものでしょう。その勝先生もまだ幕府を動かす力は持っていない。越前の松平春嶽侯に飛び込んだのはそのためでしたが、動いてくれませんでしたな。既成観念の枠からはみ出てはくれませんでしたよ。こちらの買いかぶりでした」

大きな身体からは虎のような生気がほとばしっていたが、その細い目の奥には何を考えているのか分からないものが潜んでいる。五代才助は何かしらの恐怖を感じ、それを払うように一つ大きな息を吐いて歩き出した。龍馬はさらに言葉を続ける。

「私は江戸での剣術修行で千葉道場に入りました。そこでつくづくと『土佐の芋掘り』ということを思い知らされました。江戸は武士の町ではありませんでした。すべて町人、それも商人の世界です。その金の力が江戸を繁栄させ、武士たちはそのおこぼれの上にあぐらをかいていました。すでに幕府は有名無実、すべて町人の活気の上に成り立っています。幕府の力などは虚構のものです。これでは我が国は外国の餌食になりかねません。

清国を見なさい。あっという間に外国に侵略されました。あれほどの強国が、新式の武器の前では全く無力だったではありませんか。そのことを私は憂いているのです。まず柱となる天皇を正面に据え、農民も町人も武士も一緒になって新しい軍隊を作り、新式の銃で武装し、艦隊を揃え、沿岸の警備を厳重にして、外国との窓口をはっきりと定めて、交易を盛んにすれば、資金も集まり、地方の町人や農民の暮らしも良くなります。そのことを江戸の活気を見ているうちに気が付いたのです。先に処刑された武市先生も同じことを説いておられましたが、立場が悪かった。上士の身分での発言では反発が強過ぎます。新しいことを説くと今までの安住の立場の者は警戒します。自分を守ろうと必死になり、とうとう処刑されました。惨いことですが、急ぎ過ぎたのでしょう。私にさえ、幕府や土佐藩は刺客を送るくらいですから、もちっと腰を据えて行動なされば良かったと、今にして思えば残念ですよ。もう幕府は崩壊しているのに、地方ではその権力を未だに錯覚しています」

「これこれ、壁に耳ありですぞ。ここは長崎奉行所の目もあります。あまり過激な話は慎まれよ。貴方にはいつも幕府の目付が張りついていますのや」

龍馬の突然の多弁に、五代は苦笑いしながら手で制した。いつもは寡黙な龍馬の熱い言葉に面食らったのだ。

「なに、かまいませんよ。聞きたい奴には聞かせてやりましょうよ。は、は、は、は」
笑いながら龍馬の目は真剣でもあった。

この坂本龍馬の性格には、土佐藩の軽輩の出ということも、その一端となっていたのかも知れない。

土佐藩家老福岡家に属する足軽郷士で、もともとは土地の富裕な商人才谷《さいたに》家の六代目八郎兵衛が長男の兼助（後の直海）のために金で買った郷士株が坂本という姓であり、これを引き継いだものである。この時、姓を才谷家の分家の大浜家から坂本姓に替えたのだ。この時代の象徴的なことだが、武家の凋落と商人の台頭が端的に現れている。

「浅井金持ち、川崎地持ち、上の才谷屋道具持ち、下の才谷屋娘持ち」

土佐で古くからの歌にもあるが、上の才谷家の分家が坂本家になる。

また龍馬が生まれた天保六（一八三五）年頃の日本は財政的に行き詰まって、前の年には水野忠邦が老中に就任し、財政改革を模索し始めた時でもある。各地の藩でも借財は膨れ上がり、四苦八苦の最中で、その借財は豪商たちからのものであった。武家の頭の上に金の力で商人たちがどっかりと根を下ろしたのである。

龍馬の本名は直柔《なおなり》で、通称を良馬《りょうま》と称していた。龍馬が生まれた坂本家では、本家の才谷家の自由な商人気風と違い、厳格な武家の躾を重んじた。龍馬を一人前の武士にするために、学問と武術を幼い頃より学ばせている。まず十二歳になると楠山《なんざん》庄助の楠山塾に学ばせ、十四歳では小栗流日根野弁治《ひねのべんじ》の道場に入門させた。何とか一人前の武士にとの親心でもあったろうが、何しろ弱虫の泣き虫で、当時のあだ名は「泣き虫良馬」とからかわれるくらいであった。

まだ身分差別の厳しい時代、軽輩の子は上士の子からいじめられた。それでも剣の腕が上がると自然にいじめは少なくなったが、身分の違いは歴然とあった。これが後年、龍馬の思想に影響を与えている。

そのうえ、自由な商売人の本家に出入りして、町人の自由な気風も自然と会得、武家の厳格さの中に、損得勘定のできる商売人風な考え方も身についたのであろう。才谷梅太郎と別名を名乗ることも多かった。

そして決定的なことは、江戸に上っての剣術修行の間に見聞した町人と商人の力による活気であり、金の力の前に、武士が全く無力になっている事実であったのだ。

（これからは商人や、金儲けや。それには外国との交易やな）

政《まつりごと》には全く関心がなく、異国との交易を船団を組んで行うのが夢になっている。

その夜、五代才助と連れだった龍馬は、社中の仲間を引き連れ、丸山の遊郭「引田屋」で大騒ぎした。

遊び疲れた男たちは、朝になると一斉に廓を出た。長崎はまだ霧の中にあった。二日酔いの冴えない頭のまま、坂道を下る一行の足取りは、右に左にと揺れていた。

伊予大洲藩

周りの物が見えなくなるほどの霧が、辺り一面に立ち込めていた。いくら霧の多いこの地方でも、このように深いのは珍しい。その霧を引き裂くような鋭い気合いの声が、先ほどから連続して響いている。

腰を据えて刀を抜くと、縦に斬り裂き、横に払い、後ろを立て割りにして上に斬り上げる。動作にはよどみがなく、鋭く速い音だけが空気を斬り裂いている。すでに一刻（二時間）も続いていたが、若い男の息は乱れていない。

庭に一人の武士が静かに入ってきたのにも、その動作には乱れがなかった。武士は黙って腕を組み、男の動きに見入っている。

やがて静止した男は静かな声をかけた。

「今日は海が凪ぎますね」

海辺の屋敷の中まで霧が広がってきていた。むせるような潮の匂いが強く含まれている。白い霧に包まれて、体全体が浮き上がるかのような錯覚さえあった。

井上勝策は今まで振るっていた大刀の刃を鞘に収めた。一刻にも及ぶ毎朝の鍛錬がようやく終わったのだ。

「この霧がこの伊予大洲《おおず》の名物とは、やりきれませんよ」

ここは伊予大洲藩長浜船手奉行配下の長屋の庭であった。

「井上さんの抜刀術はいつ見ても惚れ惚れします。さすがにたいした技量だ」

「私なんか、たいしたことありません。まだまだ未熟者ですよ」

「剣は直心陰流の免許皆伝、抜刀は戸田流の免許、この伊予では井上さんに勝てる者はいないでしょう。藩の指南役高山峰三郎さんと互角に戦えますかな」

「千代乃進さん、そのくらいにしておいてください。高山様に失礼です。それよりも私が上申した建白書の一件はどうなりました」

「おうおう、そのことで使いに参ったのに、貴殿の凄い腕に見惚れてしまい、肝心の用件を忘れていました。藩のお重役方も大変感心なされ、家老合議になりましたぞ」

「ようやく対外政策に積極的になられましたか」

「しかし、この藩の立場は大変に苦しいところです。隣藩の松山藩には幕府の目付の役目もありましょう。また隣の宇和島藩もしかりです。海を挟んだ長州は勤皇一色、幕府と戦いが激しくなり、お殿様をはじめ大変なご苦労続きです。外からは黒船が沖に見えるようになっていますし、井上さんの農民兵論は大変な有効策となるはずです」

「これからの防衛は刀や槍では役に立ちません。兵に全員新式の銃を持たせ、訓練して団体で戦う時代です。長州の村田蔵六（後の大村益次郎）殿が大洲藩にお見えになった時、その含蓄の一端を語られたが、私もその通りだと思いました。武士も町人も百姓もない、ただ武器を持てる男たちは、飢えることのないように手当を与えて兵にすれば良い。そうしなければ清国のように外国から侵略され、国が傾くだけです」

「剣術に長けた井上さんの言葉には説得力があります。幸いなことに我が藩には大船の『かん丸』があります。長崎との交易船として使ってはいますが、いつでも軍船として使えましょう。だが悲しいかな、軍備は旧式で、これを最新式の銃器で武装しなければ意味がない」

「それには金がかかります。今の我が藩にそれだけの余裕がありますか。時は急ぐが果たしてお取り上げくださいましょうや」

「一、三日したら本庁から呼出しがあるでしょう。必ずお取り上げになりますよ」

剣術仲間の森井千代乃進は、身分は上士ながら、井上勝策を友達扱いしてくれる。

「土佐藩に出向かれた新諫見、武田亀五郎、香渡《こうど》晋《すすむ》のご三方の帰藩報告では、土州では大変な洋式軍備を進めておられるそうだ。お重役方もそのことを心配しておられる」

「長州と幕府の対立は続きますよ。国内で争っている場合ではないでしょうに」

「薩摩藩は外国艦隊に砲撃され、長州藩も外国連合艦隊に破れました。外国が本気になって軍艦で攻撃してきたら、我が藩などひとたまりもありませんよ。朝廷から命ぜられた宮廷警護の人数も増えています。藩の金庫は空になるばかり。かん丸をもっと長崎に向けて走らせ、内子郷の蠟燭などを売りさばかねば、藩士全員が飢え死にするよ」

「刀を片手に、武士も商売に走り回るご時世ですね」

この頃の伊予大洲藩は、地方小大名の悲しさで、藩の経済は困窮していた。

平戸島田助港

平戸島は日本本土で一番西の果てにある温暖な島である。九十九島といわれる程の二百を超す多く島が群れている海域で大小の島々に囲まれ、その昔より遣唐船の寄港地として、朝鮮半島への近道として、またポルトガル船をはじめとする南蛮船の港として、南シナ海への海の道の要所となっていた。この海の道を利用して、海賊の巣ともなったのである。隠れるには最高の入り組んだ島群の中に位置してもいる。

島に農地は少なく、漁業が主体で、鯨の通る近海での領内生月島《いきつき》での鯨取りは莫大な収益を上げていた。

この島を治めているのは、幾多の主導権争いに勝った平戸松浦家である。公称六万石であるが、南蛮交易の盛んな頃には、実収十万石ともいわれたほど豊かであった。その海外交易の主導権が幕府に奪われ、貿易港が長崎に移ってからは、静かな島になり、六万石の小大名となっていた。

その平戸島城下の東にあるのが田助港である。漁師町で各地の漁師が風待ちのために寄港するところから、遊廓も盛んに赤い灯火を輝かせていた。

日本の各港に点在する「ハイヤ節」は、この田助港で歌われたものが各地の漁師たちによって広められ、文言だけが替えられたのである。ちなみに現在伝えられている平戸島の「田助ハイヤ節」の一節は次の通りである。

ハイヤエー　ハイヤ
かわいや今朝出た船は
どこの港に入れたやら（囃）
禿島沖からやってきた

新造か白帆か白鷺か
良く良く見たれば
やあれうれしや　わがつまさまだい　（以下略）

さて、この時平戸島に来たのは、長州藩からは桂小五郎（名前をすでに木戸貫治〈後の孝《たか》允《よし》〉と名前を変えていたが）を代表として三名、薩摩藩からは西郷隆盛と五代才助の他二名で、高杉晋作は来なかった。病気でもしたのか身体の調子を崩してもいたが、この両藩の同盟に高杉は不信感を持っていた。

最初は両藩の和睦の使者として、坂本龍馬は木戸貫治の元に走り、高杉晋作の所には斎藤佐次衛門が説得に向かったのだが、高杉晋作はその斎藤の提案を、

「京の都であれほど我々を叩いた敵と結べと言うのか。馬鹿馬鹿しいことを考えたものよ」

と一蹴している。

一方、龍馬に面会し、その熱弁を聞いた木戸貫治は、しばらく絶句していたが、

「昨日の敵は今日の友か、我らと薩摩藩が同盟を結び幕府を倒すというのが本気なら面白い。一度西郷さんに会ってみようかの」

と、龍馬の大きな身体の前で、ぽつりと承諾の返事をした。すでに庭のもみじが赤く染まって

いる午後であった。

龍馬から会見場所を聞かされた木戸は、

「田助港の遊女屋での会見とは面白い」

と盛んに面白がっていたが、その顔の内には不安も見えていた。

やがて夜になると、

「坂本さん、赤間の海岸に、ふく鍋でも食べに行きましょうや。貴殿とはとことん飲みながら話をしたい気分になってきた。さあ出掛けましょう」

「ふく鍋の季節になりますか。ふくは食いたし命は惜し。それでもあの美味には勝てません、ですか。いいですよ、喜んでお付き合いします」

「ふく」とは、この地方での「ふぐ」の呼び名である。二人は供も連れずに出掛けていった。

赤間関《あかまがせき》の料亭の一室で、酒が出されてからのことであった。

「もう幕府の屋台骨は崩れていますよ。先の京の都での戦では、薩摩藩が出てきたために長州は破れましたが、薩摩が攻撃に参加しなかったら、関東の田舎侍と守護職だけではどうにもなりませんでした。ただ憂うべきは、古き権力のうまみを知った連中を、どう排除すべきかの配慮をしなかったことでしょう。天に二つの太陽は昇りません。日の本に二つの幕府は必要としません。これからは武家の世界ではなく、民の世界を作らねば、この国の民は不幸です。それには柱が必要です。その柱は大きいほど良い。長州と薩摩ががっちりと手を結び、大きな柱にならねば、この国の未来はありません。怨讐を捨てて、大道に沿って行動しなければならない時に来ています。このままでは外国の餌食となりますよ。薩摩とイギリスの戦争、長州と外国艦隊の戦い、皆さんが一番身に染みて感じたはずですよ。ここは一番、大同団結をしなければ、外国人の奴隷になるだけです。私は土佐の芋掘りですけん、政《まつりごと》には興味がありません。皆さんでやってください。私は海の中で自由に働きます。外国人から金をごっそりと稼いでみせますよ」

龍馬はゆっくりと、しかも確信に満ちた声で喋っている。

「君の説は分かったが、先の戦の敵の薩摩藩と、我が長州藩が手を結ぶ必然性の説得には、どうしても欠けるのだが、どう藩内をまとめる説明をするのだね」

「それは簡単です。今の日本は豆腐を作るのに似ています。日本という立派な大豆を、徳川幕府は長年かかって育ててくれました。それは並大抵のことではなかったと思いますが、残念ながら立派な職人と作り方の伝習書を作るのを忘れてしまっていました。その職人が考えたのが、立派な加え物のにがりと、それを作る職人の育成です。食べる庶民のことも忘れていました。それを商う商人のこともおざなりになっていました。

周りを見てください。すでに商人の天下です。金の天下です。刀では解決できないほどの大きい生活の力となっています。武家社会は砂の上の楼閣ですよ。それを知っていながら、それを認めるのが恐いのです。一度恐怖を知った人間には、もはや大きな勢力に立ち向かう力はありません。犬の遠吠えと一緒です。日常食べる豆腐を作って、美味しいと庶民に味わわせるには、すぐれた職人である長州藩と、立派なにがりを持っている薩摩藩が手を結ばねば、立派な豆腐を作れません。その立派な豆腐が、外国からの偽物のまずい豆腐を駆逐できるのですよ。

先の将軍の朝廷参賀をごらんなさい。徳川三百年で初めての、幕府が朝廷に膝を屈した歴史的な出来事です。天皇の娘と幕府が、公武合体で婚姻するのは悪いとは申しません。ただ、遅い。時の流れはもっと速く動いています。それほど世の中の庶民の活力は大きくなっています。木戸さん、もう待ったなしに世の中は動いていますよ」

「豆腐のたとえとは。よろしい、薩摩藩の西郷さんと面会しましょう。でも、その西郷という人物、いかほどの人間ですかな。先の和解時には私は面会していないものですから」

木戸の口もとに皮肉な軽蔑した笑いが浮ぶのに、龍馬は気にも止めずに、

「私に船の操縦や機械のことを教えてくれた幕府の海軍操練所の勝先生にも申し上げたが、この西郷吉之助という大男、大馬鹿者かも知れません。小さく叩けば小さく響きます。だが、一度大きく叩くと、とてつもなく大きく響いてきます。ゆるゆる心して談判なさりませんと、大きく飲み込まれますぞ。それだけに薩摩藩が徳川幕府に取って代わるほどの魅力を秘めてい

ます。長州の藩論を木戸さんがまとめてくださいよ」

「小さく叩けば小さく響く、大きく叩けば大きく響く、か」

木戸の癖なのか、いつも小さな声で呟く。

「木戸さん、今の長州に一番必要な物は何ですか。鉄砲や軍艦などの最新式の武器でしょう。先の馬関《ばかん》の外国艦隊との戦では、その威力を身をもって味わった長州ではありませんか。その最新式の外国の鉄砲、大砲、軍艦の購入先は、今や全て薩摩藩に握られています。我が亀山社中が仲立ちして、イギリス商人たちからのルートは全て薩摩藩が握っています。今、長州が喉から手が出るほどに欲しい物は全て薩摩藩に押さえられているのですよ」

「先の馬関戦争では台場の大砲は全く役に立たなかった。相手の船の手前でポトリポトリと落ちて、恥ずかしいやら情けないやら。相手の艦砲射撃は正確にこちらに当る。まるで大人と子供の小便のようなあり様じゃった。しかもこちらの台場の大砲は全て相手の兵隊に分捕られて持ち去られてしまう醜態ぶり。これからは最新式の武器を調達せねばならないと痛感しています。坂本さん、貴方の力をぜひにもお借りしたい」

「長州の苦しみはよく分かります。先の薩摩もイギリスとの戦争で同じように痛い目に合いました。そこで薩摩藩は長崎に手を廻し、我が亀山社中の仲立ちでイギリス商人たちと手を結び、独占的な取引契約を結びました。今、長州がお望みの武器調達は、まず薩摩藩の力を借りねば手に入りません。木戸さん、まずはここは薩摩の手を借りて武器弾薬の確保に動くことが先決でしょう。それには我が亀山社中が一肌脱ぎますよ」

「坂本さん、貴方はこの大事をいとも簡単に言われるが、我が長州藩と薩摩は一度は戦をした相手ですぞ。武器は欲しいが、手を結ぶとなるといろいろと藩内に問題がありますよ」

「今、長州藩の欲しい武器と数をなどを紙に書き出してくださいませんか。一覧にしてくださいよ。まずは薩摩藩の長崎出役を通じて購入し、亀山社中が長州藩にお引き渡しいたしましょうか。さすれば藩論も説得しやすいでしょうからね」

「薩摩藩が果して一度は敵として戦った我が長州藩のために汗をかいてくれましょうか」

「薩摩藩の西郷さんに頼みこんでみます。あの人は大きく叩けば大きく響く人ですから大丈夫ですよ。時代を読む目は確かなものを持った人ですから」

「もしこのことが実現したら、我らの倒幕も早くなる」

「それは貴藩の事情ですから、私は関知できません。まずはこの坂本を信用してください。最新式の武器弾薬、大型艦船など薩摩藩が、イギリス商人から必ず買い上げて、長州藩に渡しますから楽しみに待っていてください。長州藩では資金とその出納の係、武器の確認方の藩士を長崎に派遣してください。早速にも亀山社中の近藤長次郎に繋ぎをつけておきます」

「もしこれが本当に実現できたら、坂本さん、長州藩論をまとめられる快挙ですよ」

さすがの木戸も興奮を抑えきれない。先の馬関戦争での惨めな敗北を見ているだけに、何としても最新式の武器調達は不可欠と知っていたからでもある。

「これからの戦争は刀の時代ではない。倒幕への道は全て最新式の武器が鍵を握る」

木戸は腕を組みながら、目の前に座っている坂本龍馬という大男に賭けてみる気になっていた。

「良かろう。二、三日待ってくれ。金と人は用意しましょう。平戸島に渡る日時を決めて知らせます。赤間関の旅籠にてのんびりと待たれよ。藩のうるさ方を説得してみますからな」

この時ばかりは木戸も大きな声になっている。

「よろしくお手配くだされ」

龍馬の眉間にあった不安の皺が、安堵したのか消えている。しかし、ふと、高杉晋作の元に説得に行っている斎藤佐次衛門のことが心配になってきた。

(あれは物事を軽く喋りすぎる。果たして高杉殿を説得できたか)

「坂本さん、高杉は駄目だよ。騎兵隊で今は忙しい。何が何でも長州一本の男、しばらく時間をかけないと無理だよ」

龍馬の腹の中を見透かすかのように、木戸が再び小さな声をかけた。

「一度は負けたが、二度目は負けませんよ。幕府も二度目の長州攻撃をかけてくるはず。薩摩藩との話し合いは急がねばなりますまい。こちらも重役数人に腹を切らせていますからな。これ以上の犠牲者は出したくないところです」

ようやく木戸の本心が見え出した。

「さあ、ふく鍋も煮えました。食べましょう」

龍馬は主人のように先に声をかけて、ぐつぐつ煮えているふく鍋に箸を伸ばした。


龍馬は薩摩藩の持ち船で平戸田助港に到着すると、すぐに港の真ん前にある炭屋を訪ねた。この田助港は、平戸松浦藩《まつらはん》主松浦鎮信《しげのぶ》（二十九代）が、平戸港から長崎港に貿易の根拠地が移ってから、船人が人家も少ない港では不便であろう、と、承応元（一六五二）年に壱岐や小値賀島《おぢかじま》から三十戸あまりを移住させて開いた所だが、風待ちのために各地の船が寄港することが多くなり、自然と賑やかになった典型的な港町であった。

龍馬が炭屋に入ると、主人の多々良孝平以下、店の女も男も着飾って平伏して待っていた。この時、孝平はまだ三十歳にもなっていない若主人。天保九年生まれ、父は糠兵、母はリツ。家業は炭屋であったが、幼い時から学問が大好きで、家業には見向きもしなかった変わり者である。

平戸松浦藩は島国。ペリー来航で大騒ぎしている世情、平戸沖に姿を見せる外国船に大騒ぎの中の時代に育った若者で、炭屋の隣には遊女屋まで営んでいる。

話し好きなこの若主人の世話で、その夜、龍馬はのんびりとした気分を味わった。

「なにしろここは昔から海賊たちの巣窟でしたから、気は荒いがお人善しの者ばかりです。司馬江漢《しばこうかん》様もお遊びになりました」

孝平の話は龍馬を飽きさせない。

のんびりした平戸の風景は、龍馬に土佐の桂浜の海の匂いを思い出させた。時折聞こえる、「雷の瀬戸」と呼ばれる平戸海峡の海鳴りの響きが楽しくもある。

その夜、龍馬は孝平と酒を飲みながら、自分の胸の内を語り始めた。

「今までの我が国のあり方では異国に潰される。もっと門を外に開いて、異国と対等に渡り合うことが肝要じゃぞ。海に境はなかろう。海はどこまでも広い。いつまでも徳川様だけが威張っていては駄目じゃ。武士が農民や町人の汗水の上にあぐらをかいておってはいけんのじゃ。皆が一つになって異国と渡り合うのは、皆が同じ苦しみも楽しみも分かち合うからこそできるのじゃと思うとる。それには徳川様に今のままではいけんと気が付いてもらわねばいかんのじゃ。そのために長州と薩摩には手を組んでもらわねば困る」

この時点では、龍馬の胸の中には倒幕という考えまではなかった。

「坂本先生、この平戸にはその昔、海賊の王様といわれた明国の五峯王直《おうちょく》という偉い大物が住んでいました。時代はこの国に鉄砲がまだ行き渡っていない頃、太閤豊臣秀吉様が現れた頃でしょうか。この平戸の松浦の殿様が偉い人で、海賊の王様をこの平戸に屋敷を与えて住まわせていたのですよ。薩摩よりも何年も早く、平戸には鉄砲はございましたとか。異国の南蛮船と互角に戦争をしかけ、味方の船からは保護する約束で旗船料を取り立てていたとか。それは平戸のこの小さな町に三千人からの手下が集まったといわれています。凄い勢いの海賊の集まりでしたが、明の国の役人に騙されて首をはねられてしまいました。でもその時の平戸の町は異国の品物で溢れていたそうです。我が国のあちらこちらから商人が集まり、平戸瀬戸は船で埋まったように賑わったと聞いております。坂本先生、異国の海賊でさえも、この島を元気づけてくれたそうです。今の日本を賑やかに変えるには、先生たちが海の外へ乗り出すことしかないのではないでしょうか。異国には珍しい物や変わった物が一杯あるはずです。どんどん日本に持ち込んでくださいませんか」

孝平がこの夜、龍馬に話した海賊王直とは、平戸に伝わる『深江記』によると、

其の頃大唐ヨリ五峯ト言ウ人渡リ、今印山寺ノ所ニ唐様ニ家ヲ建テ居住セリ、是ニヨリ大唐ノ商船来タリ其ノ上南蛮ノ黒船マデ平戸津へ来リケレバ、唐、南蛮の珍物ハ年々ニ満々タリ、然間、京、堺其外諸国ノ商人集候テ、世ニハ西ノ都ト申ケルト也

この話は龍馬の胸に火をつけた。

（海を行く船から旗船料を集めて航海の安全を約束した、か。これは使えるぞ。海援隊のしのぎにも使える。だが、どこでどのように船から徴集するかだな）

目の前で喋っている孝平の顔を見ながら、龍馬は頭の中で次になすべき仕事の絵図面を描いていた。

「だが、まずは薩長連合をなすことじゃ。それがこの国の全てを変える引き金になるはずじゃ」

龍馬は大きく背伸びした。

「夜も更けた。休ませてもらうぞ」

隣の部屋の夜具の中に妓女が待っていた。龍馬はゆっくりと夜具に入った。

雷の章

黒船

幕府の天下太平と鎖国の上にあぐらをかいている時代、外国では東洋各地を狙っての動きが激しくなっていた。イギリスの名誉革命（一六八八年）、アメリカの独立戦争（一七七五年）、フランス革命（一七八九年）などの相次ぐ市民革命の成功によって、欧米諸国は近代国家への道を歩き、資本主義の発達による海外市場の拡大に走り出す。その一端が東洋諸国への進出である。これには各国がしのぎをけずる激しさであった。その上に強国ロシアがこれに加わってきたのである。

その中で鎖国を守る徳川幕府を、大型戦艦を背景に強引に開国を迫ったのが、アメリカ使節のペルリである。

嘉永六（一八五三）年六月、突然浦賀沖に大型艦船四隻を率いて現れた。

浦賀奉行から江戸の幕府に報告がなされたのはすぐのこと。これを聞いた幕府閣僚たちの狼狽ぶりは尋常のものではない。将軍家慶は驚愕のあまり寝込んでしまったほどだ。太平に慣れた幕府では、何をなすべきか分かるわけがなかった。

老中阿部伊勢守は、すぐに水戸藩邸を訪問し、藩主斉昭《なりあき》に局面打開の相談をしたが、当時一番近代的と思われていた斉昭は策らしい策を示さなかった。

「どうせ異国との戦になるなら、浦賀沖に停泊している外国船を四隻とも捕獲すれば良いではないか。さすれば近代的な大砲はもちろんのこと、鉄砲までも日本の物になろうぞ」

「は、いかにも名案ですが、どのような手段にて異国船を捕獲できますか」

「昔から言うではないか、暗闇に紛れて乗り込み、相手を捕獲するのよ」

阿部伊勢守は苦虫を嚙み潰した顔で水戸邸を辞退した。

その後、阿部伊勢守は浦賀奉行宛てに早便で、接待所の建築を指示している。この騒動の中、幕府が示した唯一の策は、浦賀浜に接待所を至急建築すること。少しの間の時間は稼げる、との情けない指示を浦賀奉行に出したことだけであった。

「江戸城下にての交渉はいかにもまずい」

とりあえずオランダ人以外の外国人が江戸城下に入るのを防いだのである。

「こうなれば諸侯からの意見を聞くよりしようがあるまいな」

幕府は完全に無力だった。治安維持のための警察力は持っていても、組織だった国防軍を持たない幕府は、たった四隻の軍艦と六百人の外国兵に占領されたような気持ちになっている。武士そのものが戦を知らない時代、無理もなかった。

黒船来襲の噂は、江戸の町民にも衝撃を与え、町中が大騒動になっていた。「異人が江戸の町を焼き払う」、「娘の生き血を絞り取って食べるらしい」などの噂が飛び交い、町の物価は高騰し、武具屋が繁盛する始末である。

ちょうどこの年の三月に江戸に入っていた坂本龍馬も、千葉道場の千葉重太郎と浦賀に見物に走って、海を圧倒している黒い外国の大型艦隊に驚いた。この時、龍馬十九歳。黒潮の踊る土佐の海を毎日見ながら育った青年も、これだけの威容は見たことがなかった。

「若先生、これはどえらい船が来たものじゃ。土佐にある船など鯨に向かう鰯みたいなものぞ。これはどえらい船が来たものぞ」

ひどい土佐訛りで、聞いている重太郎が恥ずかしくなるほどの興奮ぶりである。

「さて、幕府はいかがするつもりか。開国以来の難儀が起きたな」

重太郎は龍馬より三歳年上だけに、幾分冷静のようだ。

六月六日、江戸城総登城の太鼓が打ち鳴らされ、諸大名はもちろんのこと、布衣《ほい》以上の幕臣の全てが江戸城本丸大広間に集められた。すでに聞こえている異国戦来襲の噂で皆が緊張していた。幕府始まって以来の難事に、いざ戦かと早とちりし、武具を用意した者までいた。初めて集まった大人数で大広間からはみ出した者もいる。

この席で、首席老中阿部伊勢守正弘は、アメリカ使節から届けられた書面を持ち、

「たとえこれまで幕府が禁じていたことを批判するようになっても構わぬから、心底にあることを残らず十分に申し立てよ」

すでに将軍家慶は、報告を聞いて発熱し寝込んでしまっていた。

この総登城は、幕府の権威を大きく失墜させた。今まで国政に対して、朝廷にも諸大名にも相談せずに、専制独裁を通してきた幕府の方針を自らが放棄した瞬間でもあった。

幕府の施政方針を批判する者は何者でも厳しく罰してきた幕府が、自ら批判を求めたのも奇異なことで、閣僚の期待に反して、この会議の外交方針は何も決まらなかった。「断固国交を拒絶し打ち払いを強行すべし」との意見と、「交易を許し、国交を開くべし」との両論が対立したからである。結論の出ないまま解散した後、幕府はついにアメリカ大統領の国書を受け取ることを決定、浦賀浜に使者を立てて交渉に臨むことになった。

六月九日、浦賀の空は真っ青に晴れていた。

警備を命じられた各藩の旗に囲まれた接待所で、戸田氏栄《うじよし》、井戸弘道の両奉行は、緊張のあまり蒼白になっていた。

十五隻の小舟で三百人余の、雲をつくような大男たちの一団は、礼砲十三発の合図で上陸してきた。先頭は軍楽隊、次にはアメリカ国旗と軍艦旗、金ピカの服装の男が大統領の親書と信任状を入れた箱を持ち、その後に礼装のペルリ提督が続き、後ろから軍隊が護衛して続いた。見物人たちは言葉もなく、あぜんとして見入っていたのである。

結局この日、日本が出した返事は、

「使節の請願により、今回は特別に親書を受領したが、この他は応接の地ではないゆえ返事をいたしかねる。この旨聞き分けて速やかに帰国されよ」

とのことだけである。ところが海千山千のペルリは、

「よろしい、それでは二、三日中に出港し、琉球、広東に赴き、来年の春五、六月頃、もう一度返事を賜りに戻って参ろう。その時は今回のように四隻の艦隊ではなく、全艦隊を率いて参るから満足すべき返事を承ることと承知していただこう」

二人の奉行は最初から最後まで一言も喋らず、震え続けていたという。

このような様子はすぐに江戸の町に伝わってきた。

「もう幕府は駄目だな」

龍馬は情けなくなっていた。

吉田松陰が知人に出した手紙が、この時の状況をよく表している。

このたびのこと、なかなか容易には相済み申すまじく、いずれ交兵に及ぶべきか、しかし船も砲も敵せず、勝算はなはだ少く候。御奉行下曽根氏（鉄砲頭）なども、夷人の手に首を渡し候よりは切腹つかまつるべくとて、頻りに寺の掃除を申し付けられ候。また佐久間（象山）は慷慨し――事ここに及ぶことゆえ、先年より船と砲とのこと、やかましく申したるに聞かれず、今に陸戦にて手詰の勝負のほかに手段これなし……とのことなり。何分太平をたのみ、あまり腹鼓をうちいると、事ここに至り、大狼狽のさまあわれむべし、あわれむべし、勝つ外夷に対し、面目を失するの事、これに過ぎず。しかし、ここに日本武士、ひとへコ（褌）締める機会来り申し候。賀すべきもまた大なり。

「天朝様はこのようなことをご存じであろうか」

龍馬はぽつりと重太郎に聞いた。

「何、天朝様だと、難しいことを聞くな」

「幕府があてにならんのなら、天朝様がしっかりして、世の中を作り替えたら良い」

「滅多なことを申すな。すでに天朝様を頭にした新しい日本作りの噂がある」

「そうだろうな。ぼんくらな土佐の芋掘りの俺にだって分かることが、偉い方に分からぬはずがないものな」

「すでに天朝様は三年前から、七社七寺に仰せられて、国家の安寧を祈願されていると聞いた。ところが幕府は今日に至っても軍艦一隻持っていない。太平に慣れた罰よの」

「よし、決めた。俺は船を持つ。異国と対等に戦うには船が一番じゃな」

「馬鹿なことは考えるな。莫大な費用と操縦する技術はどうする。坂本は今は剣の道を励むが良い。それが今のお前の大事な役目だろう」

さすがの千葉重太郎も龍馬の飛躍した考えについてゆけない。だが、後年の龍馬の行動は、この時に根があったといえる。


ペルリは約束通り、翌年の正月に再び来航してきた。回答の方針も定まらぬうちに慌てている幕府には、もうペルリに対抗する力はなかった。

三月三日、幕府はついに日米和親条約を締結。つづいてイギリス、ロシア、フランス、オランダとも条約が結ばれた。ここで初めて、幕府は遅まきながら軍制の改革と軍備の拡充に乗り出したのだ。

和親条約は、外国船に対する薪水食料の供給、難破船の救助などの条件のみに限られていたために、アメリカ総領事ハリスは、さらに貿易の自由化を求めて条約の締結を迫ってきた。日米修好通商条約である。ところが、これを巡って紛糾が起きた。

薩摩藩主島津斉彬《なりあきら》や越前藩主松平春嶽などは、かねてから雄藩連合でこの困難を乗り切ろうと画策していたから、譜代大名のみの幕府の政策と真っ向から対立し、この条約締結にも異論を唱え出した。

さらに追いうちをかけたのが、将軍家慶の後継問題である。雄藩連合派は水戸藩主徳川斉昭の子一橋慶喜《よしのぶ》を推し、幕閣は紀州藩主徳川慶福《よしとみ》（後の家茂《いえもち》）を迎えようとした。

そこで、朝廷の勅許を得ての条約締結が幕閣から計られたが、反対派はこれを邪魔して、ここに朝廷を巡る争いが発生した。これにより両者の関係は一気に悪化したともいえる。

安政五（一八五八）年四月、大老となった井伊直弼《なおすけ》は、六月に天皇の勅許を得ずに条約を締結し、いきなり紀州家から徳川慶福を将軍後継に迎えた。このために反対派は違勅調印として激しく攻撃、朝廷からも幕府の責任追及が届いたのである。

だが、幕府の権威挽回とばかりに、井伊直弼はこれに弾圧を加えて押さえ込んだ。水戸藩主徳川斉昭、越前藩主松平春嶽は謹慎、さらに過激な反対派の橋本左内、吉田松陰らを死罪に処し、朝廷に反対派の公家までも処分した。いわゆる「安政の大獄」と呼ばれる粛正である。

万延元（一八六〇）年三月三日、大老井伊直弼は桜田門外で水戸浪士に襲撃されて殺され、この後、勤皇派は藩の枠を越えて互いに連絡を取り合い、長州藩、薩摩藩が表舞台に登場してくるのである。

幕府老中安藤信正は公武合体を画策し、徳川将軍家と朝廷との婚姻による融和を図ったが、しかし尊皇攘夷派は政略結婚として憤激し、老中安藤信正までも襲撃した。

この騒動の真っ只中に、坂本龍馬も飲み込まれたのである。

稚児

伊予大洲藩には郡中《ぐんちゅう》と呼ばれる地域がある。これは寛永十一（一六三四）年に松山領主蒲生忠知が除封され、大洲藩主加藤泰興《やすおき》に城が預けられた折り、加藤が大洲藩飛地との領地交換を幕府に願い出て認められた、伊予郡十七村、浮穴郡二十村一円のことで、文化十四（一八一七）年、藩主加藤泰済《やすずみ》の時に、替地一円を「郡中」と呼ぶように布達されてから改称された。当然のように郡中奉行所が置かれ、年貢増収、産業育成などに力が注がれていた。

ところが、異国の船が沿岸に頻々《ひんぴん》と姿を見せるようになると、この郡中は海岸防衛の重要地点となっていた。

文化元（一八〇四）年に、この郡中奉行に就任したのが、百石五人扶持の役人格の国島六左衛門である。堅実一途な古武士の風格を持つ侍で、町年寄りや庄屋、領内の住民たちからの信頼は厚かった。武術にも優れ、特に鉄砲、大砲の知識は深く、心極流、正木流、荻野流の砲術を学んでおり、大洲藩でもその知識と技術を高く評価されていた。その手腕がこの国難の時に必要になったのである。

ただ、この国島には稚児好みの癖があった。妻子もいるのだが、美少年を可愛がるのが好きで、いつも寝室に稚児を呼び入れていた。

この夜も奉行所の寝所で、布団の上に美少年を横たわらせている。

「嘉一郎、これからは大砲の時代じゃ。しっかりと学べ」

まだ十八歳の美しい少年を、逞しい裸の下に組み敷いて、国島は小さな行灯の光の中で囁いた。この嘉一郎と呼ばれた色白の少年は、郡中奉行所の俗事方を勤める豊川覚十郎の息子で、身体は華奢で、美少年であるところから国島の稚児となっていた。

「お前は抜刀術に優れている。これからは役に立つこともあろう。これからも心して学べ。そなたのように細い身体には、一瞬の勝負が性に合っているのであろう」

息をはずませながらも、可愛くてたまらぬ風情で、その薄い唇を吸い出していた。

「はい」

すでに稚児になってから五年、床の上での甘えた仕草も慣れている嘉一郎は、国島の身体の下で喜びを表し、六左衛門の愛情に答えようとする仕草は女以上である。

この嘉一郎、抜刀術に関しては、よほど性に合ったのか驚くほどの上達で、郡中奉行所でも抜きん出ている腕前。そのことを誉めながらの夜の闇の空気は濃いものだ。

稚児好みは通常、十三、四歳までの美少年を好み、元服を迎えると新しい稚児に変えるのだが、国島は十八歳になっても嘉一郎を手放さなかった。この嘉一郎、よく気が付いて、国島の身の回りの世話をした。朝早くから高麗鼠《こまねずみ》のようにくるくると働いていたのだ。このことも国島が離さない理由でもあったが、嘉一郎は六左衛門に本心から心酔していたのである。

「殿様に万一のことがありましたら、私は命を捨てても悔いはありませぬ」

常日頃から口癖のように言うのに、なおのこと愛しさが募っていたのである。

戸田流の抜刀術を教えたのも国島であった。流れるような、まるで舞いを舞う蝶のような嘉一郎の剣の動きをうっとりと眺めながら、国島は満足げな顔付きをしていた。

「大至急、大洲まで出頭され、本宅まで来られたし」

使いの者が家老加藤玄蕃の書状を持って国島の所に来たのは、秋の収穫も終わり、ほっと一息ついた頃であった。

土佐藩政改革

坂本龍馬が江戸を離れたのは、ペルリの二度目の来航の騒ぎの真っ最中であった。土佐藩でも中央の混乱ぶりから、自国の藩政や軍備を改革しなければならないと、藩主山内豊信《やまのうちとよしげ》は藩で初めての若手有志の登用策を打ち出した。吉田元吉（東洋）、山南五郎右衛門らの登用である。また、中岡慎太郎は困窮している村のために、藩に米蔵を開けるように要求した建白書を出して認められている。

さらに土佐藩では大砲鋳造場を設置。ところが出来上がって試射してみると、砲身は裂け、中にはそばにいた武士までも吹き飛ばして死亡させる事件まで起きた粗悪品で、藩では慌てて薩摩藩へ勉学の使者を送り出したほどである。

龍馬も江戸を離れる前、実家に宛てた手紙に、

「異国船処々に来り候由に候へば、軍も近き内と存じ奉り候。その節は、異国の首を打取り帰国仕るべく候」

と記し、すでに時代に敏感な尊皇攘夷派になっていた。

だが、この頃、柴田家に嫁いでいた龍馬の二番目の姉栄が離縁されて実家に帰り、自殺するという悲劇が起きていた。さらに父の八平の病が重くなり、家庭的には何かと不幸の続いた年でもあった。このため三番目の姉の乙女が龍馬の帰国を急がせたのだ。

さらに、土佐藩では思い切った人材の登用をした。十三代藩主山内豊熙《とよてる》は馬淵嘉平《かへい》を起用し藩政改革に着手。「おこぜ組」とも称された、嘉平らを中心とする五十名ほどの若い改革派集

団が特に重用され、世間に妬《ねた》まれることになったが、保守派の反発も強く、藩主が交替した年には失脚する騒ぎが起きるなど、藩内も混乱していた。

十五代藩主山内豊信は藩政改革の布告を出してこれを引き締めた。特に海防を主体として軍政改革には力が入れられ、対外危機に直面しての措置でもあったのだが、これはどの藩でも同じ騒ぎであったろう。

民兵の募集も始まっていた。旧来の武士団だけではとても兵力が不足しているとの指摘がなされ、異国船に対する防衛という名目が掲げられていた。集められた民兵は各奉行に統率され、その数は一万名を超えるといわれた。

農民や町人たちは今までの被支配層からいきなり表舞台に登場した。当然のように意気は上がり、訓練にも熱が入っていたが、これは外国の脅威に対する深刻な危機感から起きたことで、今までの武士だけの力では解決できないほどの緊迫感が、海岸を持つ藩では起きていたのだ。

一方、江戸から帰国した龍馬は、新しい見聞を付近に吹聴し、仲間を集めていた。すでに民兵も誕生している今、身分制度なども崩れ、龍馬のような下士にも自由な論議ができるようになっていた。

幕府でも勝海舟らを「咸臨丸」でアメリカに初めて派遣した。外国の事情を探ろうと必死であった。

また薩摩藩では、島津斉彬が藩主に封せられ、新しい文化の吸収に必死で、せっかく立て直した藩の金蔵を空にするほどの性急な改革を進めていた。近代的な軍艦を買い入れ、武器弾薬も豊富に用意され、肥前佐賀藩からは洋式の反射炉建設を習って設置していた。それもイギリス艦隊との戦争で、外国の脅威を嫌というほど味わった負け戦が教訓となっていたのである。

さらに薩摩藩では抜け荷を盛んに行い、偽金貨までも作って琉球との交易を盛んに行い、着々と国力を貯えていた。この偽金作りが暴露されなかったのは、交易のみに使用し、国内では使わなかったためでもあったろう。

藩内の若手の人材登用も盛んに行われた。西郷吉之助、大久保一蔵など、身分の低い郷士出の武士の台頭もこの頃である。

もともと薩摩は封建的な藩風で、全国でも名高い頑固な気質でもあったのだが、それが一転しての転換は、やはりイギリスとの戦争による敗北が、海外文明への関心と封建制度への疑問となったのであろう。琉球交易などで異国の情報は持ってはいたが、西洋と日本の文明の差がこれほど大きいとは自覚していなかったのだ。

去る文久三（一八六三）年六月、前年に横浜生麦で起きた薩摩藩士によるイギリス人殺傷事件（生麦事件）の賠償金を巡る交渉が決裂し、イギリスは錦江湾に艦隊を集結させた。薩摩としてはまだ外国の力を侮ってもいたのである。来るなら来い、皆殺しにしてやる、と意気が上がっていた。自分の藩の武力に奢っていた面もあったのだ。

しかし、いざ戦いが始まると、どんな強気な男も相手の強力な火器に茫然となった。

「こちらはまるで爺さんの小便じゃな」

沿岸の軍備に用いられている自慢の大砲の弾が、大きな音や派手な音のわりに、黒船の手前でポトリポトリと落ちていく様を見ながら、海岸防衛隊長は溜息をもらした。艦隊から発射される大砲の弾は、こちらの台場に正確に命中していく。

「いかん、このままでは鶴丸城にまで届くようになる」

慌てて和解交渉の席についたが、こうなるとイギリスの言うままに賠償金は決まってしまう。

同じ年の十一月に、ようやく和解交渉は成立した。

「これからは異国の武器を集めて軍備を整備せねばならぬ」

藩の長崎出役は大忙しとなった。

この翌年、坂本龍馬は京都で、薩摩の西郷吉之助と会い、ちょうど同じ頃、四カ国連合艦隊と馬関で戦争している長州のことが話題になった。

「長州も薩摩と同じ負け戦を味わうことになりますよ」

西郷は渋い顔で心配していた。

「いずれ薩摩と長州は敵ともなろうが、異国の軍隊に負けるのは、同じ同胞としてはいい気持ちではごわさん」

「長州には優れた大砲が集まっています。どうにか持ちこたえられそうですよ」

「坂本さん、外国の軍備を見損なってはいけません。我が薩摩の最強の沿岸警備が子供のようにひねられました。相手の船にまで届く大砲が一門もない有様でしたよ。長州の自慢の鼻は一カ月とは持ちますまい」

西郷が予測した通り、長州の馬関の警備網は艦船からの砲撃でずたずたに破られ、台場の大砲はことごとく持ち去られるという醜態をさらして終結した。長州が近代兵器の確保を至上命令としたのは、この後であるが、長崎の武器商人にはすでに薩摩が深く食い込んでいた。

このような事情を龍馬は誰よりも知る立場にあった。だからこそ、今では仲違いをしている両藩でも結びつけられると考えたのである。

密談

国島六左衛門は豊川嘉一郎に、

「城下まで急用だ。すぐに支度してくれ。そちも一緒に参るか」

嘉一郎は頬を紅潮させてうなずき、すぐに退くと、旅の支度にかかった。城下まで行くとなると日帰りはできない。簡単な身の回りの品だけは用意しておく必要があった。

「泊まりは松山藩の道後温泉にでもするか。忙しいばかりで休む暇もなかったからな」

「そんな暇が取れましょうか」

「ご家老様からの急の呼び出し、本丸焼失の再建資金の相談かも知れぬが、年貢は納めたばかし、郡中には鼻血も出ないことはご存じのはずだが」

「そんな大変なご用事なら、温泉で休む暇は取れませんよ」

「構うものか、二日ほどのんびりしてくるさ」

国島は疲れた顔で呟いている。

すでに太陽は傾き、秋の日差しはまだ強かったが、郡中奉行所を出た頃には西の空に夕焼けが照り映えていた。

「明日も晴れるな」

新しい草鞋《わらじ》と道中合羽で馬に揺られながら、国島は空を見上げた。馬の鼻緒を取って歩く嘉一郎の足が、砂埃を白く散り上げている。

大洲城下までは一刻はかかる。多分到着は夜になるだろうと、提灯が馬の背にくくりつけられていた。

「嘉一郎、そちたち若い者が、この大洲藩を背負って立つ時が来たようじゃ。沿岸には頻々と外国船が姿を見せておる。昨年には長浜にも台場が築かれ、大砲が据えられたが、とても外国の大砲や艦船には役に立つまい。新しい知識が必要じゃな」

馬上から国島は呟くように言う。回りの山はすでに紅葉し、刈り入れの終わったばかりの田には乾いた土に稲の切株が整然と並んでいた。

「船の方が楽であったろうが、肱川《ひじかわ》を上るのが骨だからな」

嘉一郎の疲れを心配したのか、国島はそんな声をかけた。

「いえ、大丈夫です」

国島と旅ができることを楽しんでいる声だ。

平野を抜けると肱川の岸に着く。そこを少し遡った所が城下町であった。

町並みの中にぽつんと城が見え、その大手門から下った所に家老加藤玄蕃の屋敷が、すでに暮れている闇の中に沈んでいた。周りを椎の大木で囲まれ、椎の古木がそれにかぶさるようにそびえている。

馬繋ぎの柱に馬をくくり付け、玄関で案内を乞うと、奥から若い武士が出てきた。あらかじめ来訪が知らされていたのか、嘉一郎は控えの間に案内され、国島だけが奥の座敷に通された。

玄蕃は火鉢のそばで待っていた。

「急に呼び付けて申し訳ないが、どうしてもお主の意見が聞きたくてな」

無沙汰の挨拶を述べる国島を手で制して、すぐに用件を切り出した。

「実は小姓組の森井千代之進と長浜船手組の井上勝策の連名で、このような建白書が提出された。世間では佐幕だ、勤皇だのと騒がしくなっている折り、立派な内容の建白だが、海岸防備にも、天朝護衛だのと我が藩も何かと慌ただしい時、藩の若手は深く考えている。内容は、武士だけの兵では非常時に不足するから、藩内の心ある者たちを集めて、民兵を養成し、新式の鉄砲を購入してこれに持たせれば、強力な軍隊ができるというものじゃが、さて、どうしたものか。知っているじゃろうが、我が藩には金がない。先の火事で本丸が燃えても再建さえできていない状態じゃ。正木流を極めたそなたなら、この者どもの意見に対しての考えも聞かれると思ってな。それで呼び出した次第よ」

「我が藩にも立派な若者が育っておりますな。藩のためにそこまで考えているとは」

「重役方に話をする前に、その方の意見を聞いておきたかった」

国島は目の前に広げられた建白書にざっと目を通した。

「これは立派な意見ですが、新しい外国の鉄砲を三、四千丁揃えるとなると、大変な金額になりましょう。実現できますか」

「私の考えは別にある。まず金を稼ぐことが先じゃな。鉄砲購入をするにしても、藩の金蔵が空ではどうしようもない。そこでじゃ、鉄砲を購入するとして、お主には長崎に向かってもらう。だが、その前に大型の艦船を借用できるか、できなければ購入する。その船で長崎にある珍しい品物を買い込み、上方やこの大洲藩で売りさばく。こちらからは伊予名産の蠟燭、紙、米などを運んで売れば、往復で儲けができよう。今ある『かん丸』では心もとないのじゃ。それからの鉄砲購入で遅くはあるまいと思うておるのじゃ」

「薩摩の交易を見習うのですね」

「薩摩には調所広郷《ずしょひろさと》殿という立派な改革者がいた。藩の借金は踏み倒し、琉球との密貿易で巨万の富を築いて、最後には幕府に咎められて切腹に追い込まれたが、それで薩摩は助かっている。今の勢いを見よ。日本一の軍備を備えていると聞く。そこまでの荒療治は我が藩ではできないが、国内の交易で儲けることはできる。だが誰もそんなことをする者がいない。金の話をすると、卑屈だと蔑むばかりで、安穏と俸禄《ほうろく》に甘んじておる。それもそなたたちの取り立てる百姓からの年貢じゃ。それでは今のような激動の中では取り残される。頼む、そちに武器購入の責任者として、この策に乗ってもらいたい」

「艦船購入で反対者がおるのですか」

「頭の古い者は、武士が商売するとは何事じゃと言うて反対するじゃろう。そこで腹芸が必要になってくる」

「若者の建白に乗ったふりをして、船舶購入となると、藩内は揉めましょうな」

「ああ揉める。揉めるがそれらは私が処分する。背に腹は代えられぬからな」

「それで私の役目は」

玄蕃の腹の内も読めてきていた。

「重役会議を開き、鉄砲購入で決める。決めた後、お主を長崎に派遣する。長崎では艦船購入にかかってくれ。それまではまだ時があるから、至急、宇和島藩長崎出役の者と連絡をとって、長崎で外国船が購入できるかどうか、調べておいてくれ」

「承知しました。すぐに手配をいたします」

「それから重役会議の後、大橋殿を交えて、もう少し詳細な打合せを行う。そこでは今夜のことは喋ってはならぬぞ」

「ははあ」

「これは一読しておいてくれ。読んだら使いの者に持たせて返してくれよ」

建白書を押し出している。

「そなたが学んだ砲術の目でよく確認してもらいたい」

「承知仕りました」

「長崎にはそなたが責任者になって行くことになろう。それもまだ誰にも喋っては駄目だ。その時には私が推薦した形を取る」

「はい」

そこまで言うと玄蕃は急に気が付いたのか、

「おう、そうじゃ、まだ飯も食わずに参ったのであろう。これはすまないことをした」

「いえ、宿屋に戻ってから茶漬けでもかきこみます」

「おーい、供の者にも茶漬けなど差し上げなさい。こちらには膳を持て」

玄蕃は大きな声で奥に命じた。

「先ほども申したが、我が藩の進路さえ決まっておらぬ。京都御所の警護の役目は仰せつかったものの、隣の宇和島藩、松山藩は佐幕派じゃ。向かいの長州は勤皇派。どちらを向いてもこの小さな藩では重たいことよの」

「これだけ外国の船が沿岸に姿を見せている時、日本は一体になって防衛しなければ、先の馬関戦争のように外国に侵略されてしまいますよ。あれは小手調べ、我が藩に上陸してきたら、小さな台場などでは役に立ちますまい」

「そのことよ、土佐藩や長州藩に使者を出して懇《ねんご》ろな挨拶はしているが、藩論をまとめるのは難しいことよの」

「それに殿もご病気とか、いかがですか」

「まだお若いのに、身体が弱い。長くは保たないような気がする」

藩主加藤泰祉《やすとみ》はこの時二十一歳、すでに病の床にあった。

この夜遅くまで二人は語り合い、国島が腰を上げた時には、もう梟《ふくろう》が鳴く深更になっていた。

控えの間にいた嘉一郎は正座をして国島を待っていたが、その前には、この地方で出される鯛茶漬けの椀が空になって置かれている。酒と醤油で漬けた鯛の切り身を、温かい飯の上に乗せ、お茶をかけたものである。

「用事はすんだ。すぐに郡中まで帰るぞ」

「はい、承知しました」

馬の所まで歩くと、国島はすぐに飛び乗った。嘉一郎は提灯に火を入れて下げる。

ゆっくりと道後温泉行きを考えていた国島だが、こうなれば急いで帰宅せねばならない。このような大事を打ち明けられては、とてものんびりできる性格ではなかった。胸が高鳴り、これから藩の行く末さえも左右しかねる大事を任された自負がある。

(これは大変なことになるぞ)

声にならぬ声で呟き、馬の背に揺られていた。

(すぐに宇和島藩の知り合いに依頼して、長崎の事情を探らねばなるまい)

暗い道を進みながら、時代が大きく変わろうとしていることも実感していた。

「嘉一郎、すまなかったな。温泉でのんびりとする予定が狂ってしまった」

「いえ、お役目が第一でございます。お奉行が忙しいのは当り前です」

「そうか、そうか。その分帰宅したら可愛がってやろう」

闇の中で嘉一郎の頬が染まっていたが、提灯の赤い灯火で隠されている。

この後、元治元（一八六四）年夏に藩主泰祉は病没し、泰秋が封を継ぐことになる。

風の章

小藩の悲哀

伊予大洲藩は四国諸藩の中でも小藩である。藩主は、元和三（一六一七）年に山陰の伯耆国《ほうきのくに》米子領から加藤貞泰が移封され、大津城に入って以来、加藤家が継いでいる。

それまでは戦国の時代、伊予宇和地方の領主は転々と交替した。海賊領主河野一族の支配下にあったらしいが、橘氏が領し、ついで西園寺公経《きんつね》が宇和領を支配した記録がある。

元徳二（一三三〇）年、伊予国守護に宇都宮豊房が任じられ、大洲領大津山に入って山城（大洲城）を築き支配した。南北朝時代は武家方に味方して、宮方豪族との間で激しい戦いを繰りひろげ、宇和郡は宇和領と喜多領との二つに分かれて、豪族たちの領土争いが続く。この頃にも瀬戸内海に勢力を持つ海賊領主河野一党は、再々と宇和領に進入し、宇都宮家と争いを起こした。戦が続くと苦しむのは領民であった。伊予の南にあたるこの地方、気候は温暖で、豊かな農産物や海産物に恵まれた土地柄、豪族や海賊の狙う獲物は多い。そんな宇和領を、徳川時代になってからは、加藤家が大洲藩として支配し続いたのである。

だがそんな豊かな領内も、幕末の慶応元（一八六五）年、藩主加藤泰秋の時代には、長年の年貢制度により農村は疲弊しきっていた。当然ながら藩の内情は苦しくなり、経済の立て直し策を考えねばならなかった。この泰秋は前年に前藩主泰祉がわずか二十一歳で急死したために跡目を継いだばかりである。

加えて、安政元年のペルリ来航以来の異国船に対する鎖国のため、幕府から藩内海岸線の防御を厳命された。佐幕派にとっても勤皇派にとっても、目の前の海が外国から侵略される恐怖が実感として迫っていた。海岸線の長い大洲藩は慌てて大砲を鋳造し、大砲台場を各沿岸に配置する大騒ぎとなっていた。

これにはもちろん莫大な金が必要である。すぐに出入り商人たちからの借金が大坂屋敷、江戸屋敷に通達されたが、地元の農民たちにも重ねての重税が押しつけられた。だがそれにも限度がある。領内の大瀬村では名主の福五郎を先頭に一揆が起き、懸命の鎮圧で治めるなど混乱が起きていた。このために大洲藩では、長崎に持ち船の「かん丸」を回しては、貴重な商品を購入して、大坂などの上方にて売却して利益を上げていたが、それでも追い付かないほど、上方商人たちからの借財が膨れ上がっていたのである。それに加え、前の年には長州藩からの使者と、土佐藩からの使者が、密かに大洲藩を訪ねて尊皇攘夷を説いたばかりで、内外ともに世の中が騒然としていた。

そんな、霧の深い、何かと重苦しい気分のする秋の夜のこと。

大洲城から続く大手の坂の下にある、大洲藩筆頭家老大橋播磨の屋敷に、顔を頭巾で隠した三人の武士が密かに入って行った。あらかじめ打ち合わせてあったのか、案内の女中も無言、頭巾の武士たちも無言で奥に案内され、そこで初めて頭巾を脱いで、安堵の息を漏らした。

次席家老加藤玄蕃、中老加藤三郎兵衛、郡中奉行の国島六左衛門の顔が揃っている。格下の国島が出席しているのは、心極流、正木流、荻野流砲術を極めているからでもあり、今夜の会合にはどうしても欠かせない役目があったからだ。

奥座敷には四人分の膳が用意され、木綿の薄い座布団が置かれ、三人はそこに正座して主人の現れるのを待った。やがて静かな足音がして、背は低く痩せた老人が、粗末な木綿の着物のまま障子を開けて入ってくると、慌てて居ずまいを正す三人を手で制して、自分もゆっくりと座った。顔の眉はすでに白くなり、深い皺には苦悩の色がにじんでいる。

「突然呼び出して申し訳ないが、先年から続いている御所警備の費用や、海岸防備の費用が膨大なものになり、このままでは藩の蔵も金も底をつく。そこで貴殿らに何か良い策があればと思って密かに集まってもらったのじゃが、このまま勘定方に任せておくと、いずれ領内に動揺が起きること請け合いじゃ」

筆頭家老大橋播磨の声は低い。

「先に殿がお亡くなりになった上に、本丸焼失の大事、その修繕さえもできていない時、いらぬ物入りばかり続きまして、ご家老様のご苦労お察しいたします」

「殿はまだ藩をお継ぎになったばかり。いらぬ心配は耳に入れたくないのでな」

「何か世の中が騒然として、長州と幕府との再度の合戦も間近いとか。世も末となりました。我が藩の郷人たちの動きも気になります」

「土佐藩からも使者が参っておる。近くこちらからも気の利いた者を差し向けねばなるまいが、それよりも藩の窮乏をどう切り抜けるか、それが先決じゃ」

「上方の商人どもからまた借り集めましょうか」

「蔵米の先借りはとことんしているであろう。これまでのように上手くいくかの」

「いくもいかぬも、何とかせねばなりませぬ。大坂出役の者にはしかと厳命いたします。しかし、それもこれまで。これから先は長崎での商売をもっと大きく張り込まねばなりませぬぞ。それには今の『かん丸』だけでは心もとない。この前の談合の時に話した通り大きな船がいりまする」

「薩摩藩の抜け荷による財政建て直しの例があり、それはよく分かっているが」

「この藩の苦しい台所の時、新しい船を買うとは言い出し難いぞ」

「それじゃ。何か良い知恵はないかと思って集まってもらった」

「この前上申された船手組冨士組の若者の策に乗ってみてはいかがですか」

「井上勝策とか申す者の意見か」

「はい、領内の力のある者を集め、町人、農民の区別なく、志願する者に新式の銃を持たせて兵隊とする案じゃな。して、それに乗るとは」

「長州では騎兵隊、農兵隊などとして、すでにできております。その強いことは、太平に慣れた武士では太刀打ちできぬほどの力となっているそうです。それが幕府には恐い存在となっているのです。我らのような小藩では早く取り入れるべきですが、それには新式銃の購入の資金がありませぬ。その対策から考えねばなるまい」

「今ある藩の金をかき集め、新式の銃を買うとして、長崎で新式の異国船を買い求め、それに異国の品物を買って満載して上方に運び、大坂や堺の商人に売りさばくと、一度に莫大な利益になりましょう。それを繰り返せば、琉球を押さえている薩摩藩のようにはならなくとも、少なくとも今の窮状よりは救われましょう」

「新式の銃が船に化けるのか。殿には何と説明する。幕府対策もある」

「今の幕府にはもう咎める力はありませぬ。異国船騒ぎと長州対策で大変です」

「殿への説明よりも、藩内のがちがちに頭の古い者の説得は大変じゃぞ」

「それはいざとなれば私一存ということで、私が腹を召せばすみまするが、藩論は新式銃の購入ということでまとめていただけませんか」

郡中奉行の国島の決意は堅い。すでに昨年の秋、家老とは打合せができていたからだ。

「そんなに簡単に異国の船が買えるのか」

「長崎には得体の知れぬ者どもがうようよしています。その者どもの力を借りますと、いとも簡単に異国の商人と商いが成り立ちます。まことに妙な土地ですよ、長崎は」

「得体の知れぬ者との取引とは、大丈夫かな」

「まあ待て、この話はそんなに急に決められる話ではないわ。また談合を持とう。それまでに各々の考えをまとめておいてくれ」

大橋播磨は奥に声をかけて、女中に膳を運び入れさせた。

「何もないが、今夜はゆっくりとしてくれ。そなたたちには日頃から苦労ばかり掛けているからな」

酒が入っても、男たちの口からは陽気な声は出なかった。加藤玄蕃は、

「私と大橋殿で播磨屋を口説いて船の購入資金は出させようかの」

「播磨屋源助だけでは金額が多すぎませんか。それなら藩が購入した長崎物産を二人に独占

させると言うて、和泉屋金兵衛との共同の方が確かですぞ」

　家老大橋も膝を叩いて乗ってきた。

「よし、二人の商人の説得は我らに任せてくれ。国島は長崎で、本当に外国の蒸気船が購入できるかどうか調べに入ってくれ」

「承知しました。すぐに手配をいたします」

　その言葉で重苦しい座がいくらか和やかになった。

　外では雨が降り出したらしく、軒下に落ちる雨だれの音が聞こえていた。

「明日の朝は深い霧になるぞ」

　加藤玄蕃の声がずしりと響いた。

遊女屋の亭主

　朝日が昇る頃、平戸島の沖に、丸に十の字の薩摩藩の旗印が見えた。すぐに多々良孝平は坂本龍馬の部屋に知らせに来た。

「薩摩の船が到着しました。まだ長州の船は見えません」

　それを聞くと、懐手で酒を飲んでいた龍馬は、そばの女ににっこりと笑い、

「この平戸島の田舎町の港、しかも炭屋がこれからの日本を動かす場所になるとは、誰も思っていない。楽しいことが起きそうだな」

千歳という女は、昨夜からの男の床での激しい攻めに、身体を動かすのも大儀そうに、ぼんやりとうなずいた。

「そんなことより、少し眠らせておくれよ」

「眠いか、それなら下でゆっくり寝ておいで」

やがて女が出て行くと、龍馬は孝平を手招いた。

「多々良さん、貴殿は若いのに、変わったお人やな」

「いやあ、そうでもないです。ここは海賊の島、その血がちびっと入っているだけです」

「ちびっと」とは、この地方で「ほんの少しだけ」という意味とは龍馬は知らなかったが、目の前で頭をかいている若者に何となく魅かれていた。

「この島には安藤藤二という藩士がおられます。私が尊敬している方ですが、その人の考え方に賛成して、勉強させてもらいました。天皇を大切にしなければ、この日本は大事に至ると言われ、今の徳川幕府はもう破綻していると聞かされています。そのために私は勤皇の志のある方を大事にさせてもろうてます」

安藤藤二は平戸松浦藩士で、藩主の近習《きんじゅう》から外国の軍隊や武器に興味を持ち、今では鉄砲組頭になっている勤皇の志の厚い武士でもあった。吉田松陰が平戸島を訪れた時、真っ先に家老の葉山鎧軒《がいけん》に教えを乞いにその屋敷を訪ねたが、その時葉山はこの安藤藤二を呼び寄せて紹介して、その席に加わらせたほどの人物であった。

「こんな西の果ての島にも、すでに勤皇の志士がおられるのか。頼もしい限りだな」

龍馬はぼそっと呟いたが、目は遠く広がる海を見詰めていた。

（この海の続く限り、我らの夢である海外飛躍の可能性は無限にある。この狭い国の中での文明開化を急がねば、日本はますます立ち遅れてゆく。それには薩摩と長州が手を握り合って、徳川幕府の制度を改め、新しい政府を作らねば、我々のような下級武士の出番は来ない）

龍馬には、今度の薩摩藩と長州藩との和解を何が何でも成功させねばならぬ焦りさえあった。どんなに剣が強くても、頭が良くても、身分の低さゆえ世間に受入れられぬ苦しみを、龍馬は嫌というほど味わってきていた。そのために脱藩という強硬手段さえとって土佐藩というしがらみから抜け出て、今まで行動してきた。ここに来て改めて、歯ぎしりするほどの悔しさを覚えていたのである。

（それにしても徳川幕府は大きい。それを改革するには、薩摩藩と長州藩との同盟は、必ずや成功させてみせる）

湾に入ってくる薩摩藩の旗印の船を見ながら、龍馬は身体中の血がたぎるかのような、熱い思いを沸き上がらせていた。

（まず船を購入し、外国に走らせ、異国の珍しい品物を運んで、富を作り、さらに外国から品物を買う。日本が貧乏から抜け出す先兵として、わしは働くのだ。恵まれない若者に存分に新しい知識、新しい活躍の場を与えてやるわい）

龍馬の夢は限りなく膨れ上がっていた。

（徳川幕府が馬鹿にした下級武士の土佐の芋掘りが世の中を変えてみせる）

この頃の幕府にとって、封建主義を維持していくには、まず困窮した財政の立て直しが急務であったが、農民搾取による従来の方針を変えようとしなかったところに悲劇があった。すでに世の中は、士農工商の階級主義は崩れ、商業資本の充実により、商人による主導となっているのに、それを認めようとせず、あいも変わらずの農民搾取が一番の安泰だとの認識があったのである。だが地方の諸藩は、飢饉による困窮と、商人たちによる金と品物の支配を認め、外国からの圧力に対して、この商人たちの力を必要と認識していたのである。武士階級の力が急速に弱まっていることを、攘夷を唱える若者たちは敏感に感じ取っていた。そのために、幕府に対して、朝廷を錦の御旗にしての階級闘争が始まったともいえるのだ。それを外国の船で運ばれてきた新しい知識が後押しをしていた。

天下の一大事、外国からの開国要求に屈した今になっても、幕府はまだ諸国の状況を把握できずにいた。すでに薩摩藩は肥前佐賀藩に反射炉の設置を教えられ、その薩摩藩から土佐藩は教えてもらっていた。本来対立的な独立した藩内の秘密が、天下の危機の前に崩れ、諸国の交流が盛んになればなるほど、幕府の独裁はまた崩れていたのだ。

この雄藩連合とでもいうべき動きは、この後ますます対幕府への対立勢力となってゆく。その点に龍馬は注目したのである。これと同じ考えに立っていたのが、薩摩の西郷吉之助であった。どちらも身分の低い郷士出であることも共通していた。その点、長州藩の高杉晋作は上級武士の出であり、自ずから考えは似ていても根本において違いがあったのはやむを得ないことである。

「わしは土佐の芋掘りじゃけな」

龍馬のいつもの口癖でもあった。

「これからは我らの時代よ。天下を一人の力で動かすべきは、これまた天よりすることとなりと私は思うきにな」

中岡慎太郎に語った言葉である。これは江戸に遊学した時に感じた、田舎者としての強烈な劣等感の裏返しであり、伸び伸びとした商人群の明るさであり活力であった。それには、龍馬が常日頃口にしている、

「私には四人の師がある。剣は日々根弁治先生、千葉定吉先生、考え方は土佐の河田小龍先

生、船の知識は勝海舟先生」

の言葉にある、河田小龍の影響が強かった。

河田小龍は土佐藩の画家で、文才もある博識家であった。アメリカに漂流して長年滞在して帰国したジョン万次郎と面会して、その時に聞いた話を『漂巽紀略』として著書にまとめ、薩摩藩まで出掛けて新式の反射炉や洋式の工場を見学するなど、新しい知識を貪欲なほど学んでいる人物であった。

龍馬が河田小龍を訪ねたのは、江戸から帰国してすぐのことである。姉の乙女から、「なにも江戸にだけが新しい知識があるとは限りませんぞ。河田先生を訪ねてみなさい。地元にも立派な方はおられます」

龍馬が得意になって話している江戸の土産話の腰を折っての勧めでもあった。

土佐藩内にそんな博識家がいるとは知らない龍馬は、小龍を訪問して驚いた。背の低い風采の上がらぬ男は、龍馬の大柄な身体と対面しても、一歩も引かぬ迫力に満ちていたのだ。

小龍はそれまで日本の諸国を巡って見聞してきたことや、それと比較しての外国の科学文明の驚くべき発達、それを背景に東洋諸国を侵略している事実などを詳しく述べた。

「坂本さん、これに対抗するには、その新しい文明を学び、海運を盛んにして富国強兵を目指さねば、今に日本にも侵略の爪を伸ばしてきますぞ」

その目がらんらんと輝いているのに、龍馬も江戸で見てきた黒船軍艦の威容を思い出してうなずいた。

「私には力がないけど、なんとかして外国船を一艘でも手に入れたいものです。同志を募って乗組員となし、人や上方への荷物を運んで利益を出し、みんなの経費を賄いながら航海術を訓練したいと思っています」

龍馬は小龍のその言葉で、自分の方針が見つかったと内心では興奮を押さえきれない。

「外国船は金策さえつけば手に入りますが、問題は人です。航海術を学ぼうという人はどうして集めますか。汽船に乗りたいという武士は多くはありますまい」

「坂本さん、武士どもは駄目ですよ。安穏として俸禄をもらって生活している者に、激しい荒波に乗り出せと言っても聞きますまい。世の中には志を持ちながらも、伸ばす機会のない者は沢山おります。そんな民衆の中から身分や職業の区別なく集めれば、いくらでも集まりましょう。それが外国のやり方ですよ」

「分かりました。私は汽船を何とか手に入れる算段をしてみますから、先生は船に乗りたい人材を育ててみてください」

この時の話が、のちの亀山社中、そして海援隊へと続く基礎になったともいえるし、龍馬が目指した外国との自由な往来の貿易商への夢につながってゆく。このように新しい知識をすぐに取り入れられる性質は、彼の武士社会への不満と、闊達な気質にもよった。社会の枠にとらわれず、何事も一人の人間として考え行動する自由人。これが武士社会から見れば、得体の知れない鵺《ぬえ》のような男として映ったのである。今までにいない新しい形の男の出現でもあった。

興奮して帰ってきた龍馬を出迎えた姉の乙女は、

「土佐にも芋掘りばかりじゃないけんね」

笑いながらそう言ったが、龍馬はうなずくばかりであった。

激動の時代

時代は動いていた。幕末の外憂内患による危機感は心ある者を立ち上がらせた。

文久元（一八六一）年夏、武市半平太《たけちはんぺいた》は土佐勤皇党を秘密裡に旗揚げし、龍馬もその主旨に賛同して参加した。吉村虎太郎、中岡慎太郎など、密かに集まった同志は二百人を超えた。

翌年、龍馬は武市の命令で長州の久坂玄端《くさかげんずい》を訪問し、

「もはや全国の草莽の同志を糾合して、幕府を倒す旗を掲げるのみである」

との激しい言葉を聞く。この頃の勤皇派は、土佐藩では吉田東洋、長州藩では長井雅楽の重臣が佐幕派で、公武合体派が実権を握っていて、勤皇派は動きがとれなかったからである。土佐

に帰国した龍馬は、これを報告し決起を促した。

しかし、当時の武市半平太は土佐藩全体の勤皇派移行を考えていた。その頭を吉田東洋が押さえていて、その対策ばかり考えていたから、久坂の呼びかけに応じなかった。

「あれは顎の窮屈じゃけな」

龍馬は武市を批判した。それを受けて武市は龍馬のことを、

「痣の法螺吹きめが」

口ではそう言い合っても、互いに尊敬の念は消えてはいない。

「わしは土佐を出るきな。ここにいては乗り遅れる」

まずは吉村虎太郎が激しい言葉で脱藩した。

「藩に縛られていては何もできぬ。久坂先生に申し訳ない」

龍馬も続いて脱藩した。土佐勤皇党からも抜けたのである。

この時、武市は「あの男は土佐藩にははまりきらぬ。捨てておけ」と諦めたように言った。

以来、二人は同じ目的ながら別の道に踏み込んだのである。

この後、龍馬は江戸に姿を見せる。千葉道場に住み込み、千葉重太郎と一緒にいろいろな人に面会し、自分の所信を述べている。その中でも小田原城主大久保一翁は元外国奉行だけあって、龍馬の考えを理解した。すぐに越前藩主松平春嶽公を紹介している。

「このたび坂本龍馬に内々に会いましたが、同人は真の大丈夫と存じ、素懐《そかい》を相話し……」

紹介状の一端が信用を表している。

松平春嶽公も龍馬の人柄を誉めて、軍艦奉行並勝海舟を紹介したのだ。しかし、当人に会うまで、龍馬にとってアメリカ帰りの勝海舟は「斬るべし」と思うほどの人物にしかなかった。二度目の江戸入りで勝のもとを訪れる際にも、重太郎に「日本の将来にならぬと思った時は斬るが、よいか」と念を押している。それほど龍馬が勝を毛嫌いしていたのは、当時幕府が買い入れた軍艦の扱いについてである。五千ドルの手付け金をうって買い入れた軍艦を操縦する者がいなかった。外国人の乗組員を提供するとの申入れを、勝は、「異国の俗吏は乗せぬ。日本の軍艦は日本人で動かす」と、きっぱり断わったいきさつが世間に流れていたからだ。

だが、斬るつもりで出かけた二人は、勝の説く「開国論」、「海軍振興策」にすっかり共鳴し、その場で二人とも弟子入りをしてしまった。

「わしも黒船の艦隊を作ってやるきの」

すっかりと勝門下生であった。

「わしは勝先生の弟子になって、船の操縦を覚え、藩に金を出させて船を買う。それで外国に自由に往来して貿易で金を貯め、この日本に儲けさせてやるきの」

その頃の恋人、千葉定吉の娘佐那子に、龍馬は嬉しそうに話している。

「わしは大坂に船で行くきの」

龍馬は、幕府の命令で動く勝海舟の供で大坂に行った。もうこの頃には、土佐勤皇党のことなど頭にない。その途中、勝は伊豆の下田に土佐の前藩主山内容堂が滞在していることを知ると、訪問して、龍馬の脱藩の罪を許してもらうように交渉。山内容堂も了解して、ここで晴れて脱藩の罪が消えたのだ。その後、山内容堂は江戸で松平春嶽公からも重ねて龍馬脱藩赦免の要請を受けて驚いた。たかが土佐藩の下士に過ぎぬ龍馬を、天下の松平春嶽公までもが頭を下げての話とは、すぐに龍馬に航海術を学ぶように命じた。

その頃、土佐藩では大事件が勃発していた。武市半平太の一党が山内容堂に重用された吉田東洋を暗殺し、勤皇へと藩論を一手に握り、藩主山内豊範を頭に京都に上洛してきた。

文久三(一八六三)年の夏、幕府は勝海舟の要請で神戸に海軍操練所を設け、全国各地より生徒を集め、本格的な汽船操縦法の訓練にとりかかった。幕府所有の汽船二隻が神戸に置かれた。もちろん責任者は勝海舟であり、塾頭は坂本龍馬である。人数は五百名近くになり、龍馬も土佐藩内から希望者を引っ張ってきている。

勤皇党時代の同志、沢村惣之丞、千屋寅之助、望月亀弥太、安岡金馬、高松太郎など、他に饅頭屋の息子近藤長次郎、鋳掛屋の新宮馬之助らの顔も見えた。みな龍馬の幼馴染みばかりだが、河田小龍の所で修業していた者たちである。これらの者たちが、後の海援隊の顔触れになってゆく。

ところが京都で八月に政変が起き、土佐勤皇党の優位は一変、京都を追われたのである。

この京都の事件は、尊皇攘夷派による外国との条約破棄の動きに、危機感を抱いた破約攘夷の方針に反対する薩摩と会津の両藩が主体となって、宮廷の中の公武合体派との画策による一種のクーデーターであった。長州藩や宮廷内部の尊皇攘夷派の公家が追放されたのである。

この頃の急進的な尊皇攘夷派の動きは、幕府の体制下では、身分や秩序を踏みにじる行為であり、外国との戦まで考えないと、条約の破棄は出来ないことをと知る現実主義者的な幕府や大名たちには、決して相容れない主張でもあったのだ。このクーデーターにより、いわゆる七卿落ちといわれる追放劇があり、長州藩は禁門護衛の任が差し止められた。

土佐藩も尊皇攘夷派の先鋒と見られていたが、前藩主山内容堂豊信は、江戸においてこの郷里の藩内の動きを苦々しく思っていたのである。容堂豊信は、公武合体や雄藩連合による幕府運営、開国もやむなし、と考えていただけに、破約や外国との戦争など、絶対に避けなければならないと考えていたのである。

文久三（一九六三）年、八年ぶりに豊信は帰国したが、その帰国の直前の五月に、土佐藩では、郷士以下の軽格の藩士を全て集めて、家老が発表した。

勤王相唱へ候者共の中に、父子の親君臣の義を忘れ、亡命致し候者どもこれありて、以之外の事候……。一旦朋党の盟約相結び候輩と謂も、先非を改め、正道に相帰り候へば、既往むの小過はす深く糾明仰付けられず候。


事実上の勤王党の解散命令であった。

まずは京都から帰国した平井収二郎、間崎哲馬、弘瀬健太郎の三人が、藩の秩序を乱す者として、捕縛されて切腹させられた。ここにきて土佐藩の佐幕派の巻き返しが猛烈に始まり、勤王党への弾圧へとつながっていく。

九月になると、武市瑞山、河野万寿弥、田内恵吉らの、土佐勤王党の幹部や指導者が捕縛された。藩ではこの弾圧は、京都朝廷からの「御沙汰」であると藩士には布告した。

こうなると、身の危険を感じた藩士たちは、続々と藩から脱していった。

勝海舟はこの頃、坂本龍馬の身柄を要求してきた土佐藩の要求を蹴っている。

「この者まだ修業中の者にて、別段奮発勉励しているから、修業の年数が必要である」

さらにこの頃の土佐藩の内情を、日記に記す。


土州にても、武市半平太の輩逼塞せられ、其党憤激、大いに動揺す。かつ、寄合私語する者は、必ず捕へられ打殺さる。故に過激暴論の徒、長州へ脱走する者三十人計り。

この頃の土佐藩の実情を良く捉えている。

京都では尊王攘夷派から取って代わったのが、佐幕派の新撰組である。土佐藩でも吉田東洋暗殺事件の詮議が激しくなり、武市半平太は土佐に呼び戻され逮捕されて入牢した。

「坂本、お前たちにも土佐藩から帰国命令が来ておるが、どうする」

勝海舟が小柄な身体ににこやかに笑みを浮かべて尋ねる。

「わしらは帰らんきに。帰れば即、首が飛ぶぜよ」

土佐の河田小龍から警告の手紙が届いていたのだ。

「また脱藩かよ」

「ここにいるのが一番安全だ。ここにいる土佐の者全員は浪人しますよ」

龍馬は平気な顔で言い放つ。

「幕府も浪人狩りに力を入れておる。くれぐれも用心しろよ」

勝海舟はそれ以上は何も言わなかった。彼らの力が汽船を動かすことをよく知っているからだ。だが龍馬以下、全員が用心した行動をとるようになった。さらに天下の情勢は激動する。

翌年の元治元年には、六月に池田屋騒動、七月には「禁門の変」と大事件が続き、元治元（一八六四）年十月に、大変なことが起きた。

勝海舟に突然幕府から、神戸海軍操練所の閉鎖と、江戸への召喚命令がきたのだ。

これは、この海軍操練所に、長州藩の過激分子の出入りが多いと、大坂町奉行所からの報告が江戸に届いたこと、勝海舟が尊皇攘夷派をかくまっている、との疑いをもたれたことなどが、幕府老中たちの逆鱗に触れたからだと言われている。

これには、塾頭として多くの若者の先頭に立って、軍艦操縦などの勉学に励んでいた坂本龍馬も困った。さらに、土佐藩から脱藩の追跡を庇ってくれていた勝海舟がいなくなることは、逃げ場を失ったにひとしいからだ。だが、勝海舟はすでに幕府の嫌な動きに気づいていた。

勝は後に残る龍馬をはじめ塾生たちの隠れ家として、薩摩藩の西郷吉之助に話を付けていた。

「お前さんたちは急ぎこの書状を持って薩摩屋敷に入れ。西郷さんの庇護を受けな」

龍馬は勝の紹介で西郷とはすでに面識があった。その後、薩摩の船で薩摩領に入り、しばらく薩摩藩で暮らしたのである。


「坂本はん、しばらくでごわす」

大声の前に、階段を上がる足音で、龍馬には西郷吉之助が来たと分かっていた。

「これはこれは西郷さん、その節にはへゝこまでお借りして、すまんかったです」

龍馬の型破りの挨拶に、西郷は黒く日焼けした顔に笑みを一杯に見せて、

「なんのなんの、おいどんと坂本さんはへこ兄弟ですたい」

薩摩領に保護された時、薩摩藩城下の西郷の家で着物から褌までも借用して暮らす龍馬の大らかさに、西郷家の者が親しみを覚えたことがあったのだ。

この平戸島田助港での会談が、今後の薩長の同盟の一歩となるのである。

「長州藩の船が湾に入って参りました」

多々良孝平の声が階下から聞こえてきた。

艦船購入

慶応二（一八六六）年の正月、伊予灘には白い波が風に飛んでいた。いくら四国が温暖な地域でも北風は冷たい。今夜は伊予大洲藩家老加藤玄蕃の屋敷に男たちが集まっている。

「国島六左衛門、調べたことを詳しく話してくれ」

加藤玄蕃は小声で問う。遠くで風が強くなったのか、潮鳴りが部屋の中にまで聞こえてきた。

「これからの世の中は大きく様変わりするような気がする。もっと長崎との交易を増やして

藩の窮乏を救わねばならないからな」

「はい、新しい外国の蒸気船は三万両から四万両で購入できると、長崎から帰国した宇和島藩の者に聞きました。最新式の大型船は幕府が長崎で買いまくっているとのこと、我が藩としても遅れてはならないと思いますが」

「そうだ、急がねばならぬ。沖には異国船が武器を備えて姿を現しているというのに、幕府は防備の台場や大砲を準備せよと言うばかりだ。優れた異国の軍艦には勝てるわけがないのにな。軍備をすれば金がかかる。その金はどこから調達する？　農民からの年貢はこれ以上は無理だ。このままでは一揆が起きる。軍備はしたいが金がない。すでに大坂の商人からも借りるだけ借りている。まずは長崎との交易で上方に品物を得る以外に収入の道はござらぬ。今の藩船『かん丸』では心もとないとは皆が知っておる。そこで我々だけの考えで船は購入することにしたぞ」

「殿様への報告はどうします。頭の古い者どもは武士が商売の真似など汚いと言いよる。鉄砲、大砲を欲しいとも言いよる。その金はどうするかは言わぬ。すでに藩の金蔵には少しの金も残ってはいまい。そこでだ。船の購入資金は対馬屋定兵衛を入れた播磨屋、和泉屋の三名で四万両ほど用意させ、船の名義人は対馬屋のものとして実行する。だがこの一件はあくまで極秘、金丁《きんちょう》ものだぞ。誰であっても不平を漏らす者はわしが始末する」

家老加藤玄蕃の声が冷たく響く。

「もし何事かあれば切腹ものですな」

沈痛な声は大橋播磨であった。伊予大洲藩にはこの加藤と大橋、二人の実力家老がいた。領内の藩士たちは自然と加藤系列と大橋系列に分かれてはいたが、実のところ二人の家老たちは仲が良い。

「その意見の統一が難しい今、事はあくまで秘密を守ってもらう」

「冨士組の若者の建白書の通り、最新式のミニエール銃購入として長崎に向かわせ、密かに艦船購入と鉄砲、それに南京砂糖の買入れとする」

家老の言葉に国島六左衛門が口を挟んだ。

「井上勝策の進言は、下士とはいえど立派に藩の先行きを理論づけしています。それを隠れ蓑にして藩論を左右するのは心苦しいことですが、ここに至ってはやむを得ません。井上勝策も長崎に同道して情勢を学ばせてはいかがですか」

「もっともらしい道義では藩は救われない。薩摩藩を見てみよ。調所殿の荒療治で密貿易を行い、今では幕府に対抗する力をつけている。これからは艦船による交易の収益に頼る以外はないと思う。井上勝策もあれだけの建白をする男、長崎に連れて行くが良い」

皆がさすがに事の重大さを感じて、苦しい沈黙が部屋に充満した。

「国島、そなたの命、この大洲藩にくれ。こたびの一件の全てを背負うて長崎に向かう覚悟を持ってくれよ。良いか、長崎出張の全てをだぞ」

沈黙に押されたように加藤玄蕃が低い声で言う。

「承知しました。艦船購入の全てをですね」

部屋の隅に置かれた蠟燭行灯の光がちろちろと揺れている。

「よし決まった。四万両の金の差配はすべて国島に任せる。すぐに長崎に向かへ」

「艦船は新式だぞ。残りは南京砂糖を買って運んでくれ」

「なるべく値切ることも忘れるなよ」

「そうと決まったら早く出発してくれ。時間がない」

「まるで戦国時代に逆戻りしたような情勢だからな」

「それにしても国島には気の毒な役目を押しつけてすまないことよ」

大橋播磨が気の毒そうに呟く。

「藩内で何か異論が起きましたら、私が腹を切ることで治まりましょう。人間いつかは死ぬのですから、ご家老たちには迷惑は掛けませぬ。これも藩のためです」

「誠に損な役目を押しつけて申し訳ない」

加藤玄蕃の声も湿りがちになっていた。

「あくまで、手前勝手な新式銃から艦船購入の変更として、ご家老様方は知らぬ振りでのご処置、お願いいいたします」

「その心根、痛いほど有難い」

皆が頭を上げるのに、国島は慌てて手を振りながら、

「まだ腹を切ると決まったわけでもありません。私などに偉い方が頭を下げられては困ります。それにしても大事な役目を仰せつかって幸せです」

「長崎への人選はそなたに一任する。長浜船手組には書状を出しておく」

「明日にも早速、長浜に向かいます」

「金と船の手配はすぐにしておこう。ご苦労だがやり遂げてくれ」

その夜も酒肴が出たが、陽気な声は起きなかった。

用意が全て整ったのは、それから一カ月も過ぎた頃である。「かん丸」は長崎に向けて出港した。

井上勝策は随員として国島に従った。本来なら井上の建議を入れての買い付けだから、井上が責任者に選ばれるところだが、下級武士にそんな大役は回ってこない。ここでも厳然として身分制度が生きていた。冨士組の仲間からは不平の言葉が出たが、井上は笑いながら、

「郡中奉行の国島様が我らの上使として一緒に行かれるだけで大変なことだ。これからは大

洲藩も様変わりするよ」

「あの人の稚児好きは有名だから、勝策も用心しろよ」

「馬鹿を言うな。稚児になる年でもないわ」

「とうの立った男には用なしか、あははは」

若者たちは大洲藩の近代化への変化を喜び笑っていた。

長浜は波もなく、静かな海面を船は滑るように走り出した。船上で勝策は訳もなく身体が震えるような興奮を感じていた。

（さあ、新式の鉄砲や大砲を揃えて大洲藩の軍隊を作る第一歩じゃぞ）

次第に遠ざかる故郷の山が青くかすむのに、いつまでも手を振っていた。

だが、長崎に到着した井上は、海上から見える町をこれが本当に日本国の中なのかと、目を丸くして見つめていた。きらきらと光り輝く見たこともない光景が、眼前に広がっていたのだ。

（我らは井の中の蛙じゃったな）

言葉もなく立ち尽くす勝策を、国島は甲板の上からにこにこと見つめていた。

（世の中は広いのだ。これからはお前たち若者の出番じゃぞ）

六左衛門は、初めて見る世界に驚く若者の背中に、無言で語りかけている。

（生意気に藩改革論を振りかざした自分の無知さ加減が恥ずかしい）

勝策は胸の鼓動が高鳴るのを感じていた。船の上であることも忘れて、茫然と岸の方を見ていた。

文久元（一八六一）年六月に完成した長崎製鉄所からの煙が、湾の中まで黒雲を走らせ、出島のオランダ館がオランダ国旗を風になびかせている。この長崎製鉄所は、後に長崎造船所として日本の近代化に貢献することになる。丘の上まで続く家並みに、見たこともない洋式の瓦屋根が光り、唐様の寺の屋根が見えていた。

乱の章

武士の商法

長崎の港に到着すると、すぐに国島六左衛門は井上勝策を連れて「かん丸」を降り、宇和島藩長崎出役の屋敷を訪ねた。坂本龍馬率いる亀山社中への紹介を頼むためである。

九州の各藩邸や俵物会所、各地から集まった豪商人たちの店が立ち並び、往来は人で一杯だ。道は清潔に整備され、唐人屋敷からは香の匂いさえ鼻に届く。

（凄い町だな）

港には外国の新型汽船が並んで停泊し、唐風の大きな帆を張った船も見える。どれがイギリスの船かオランダの船かは勝策には判別できないが、それは壮観な眺めである。ずらりと並んだ大砲が陸に向かって見えるのも不気味だ。

馬に乗った外国人が通る。その後ろから、顔の黒い少年が、赤や黄色の混じった大傘を持って追いかけて行く。町中が人で溢れている感じだ。

（なんて人の多い町だ。それに皆が生き生きしている）

国島の後ろから歩きながら、勝策は町並みを見回して落ち着かない。

訪ねた宇和島藩屋敷では、応対に出た武士がにこやかに、

「坂本さんは多分、長崎にいるはずですよ。薩摩藩の『桜島丸』で薩摩から到着したばかりと聞いております。亀山の寺には案内して差し上げましょう」

案内された寺の門には、「亀山社中」と書いた看板が下がっている。中からは書記の山本謙吉と名乗る、顔中に髭のある垢じみた着物の男が出て来た。

「坂本さんは五島に行かれました。慰霊碑を建立されたら戻られますので、二、三日待ってください。戻られたらお宿の方に連絡を差し上げます」

丁寧な言葉使いであり、すでに宇和島藩から大洲藩の訪問目的が伝えられているのだと勝策は感じた。


この時の龍馬の五島行きは、先に遭難した帆船ワイル・エフ号の慰霊のためであった。薩摩藩に購入してもらって亀山社中で運用していた船であり、社中の船員と、龍馬の友人の池内蔵太が乗り込んでいた。塩谷崎海岸に建立された慰霊碑には次の碑文が刻まれた。

薩摩藩御手船異国形式本檣帆前舩
当御領於塩谷崎乱板乗組之人数
高泉重兵衛（黒木小太郎の変名）水主頭虎吉
慶応二丙寅撰五月二日暁天溺死各霊之墓
細江徳太郎（池内蔵太の変名）同熊吉
平水主　浅吉　嘉蔵
　徳次郎　貞次郎
　勇蔵　幸助
　忠次郎　常吉

このため当時の亀山社中には乗るべき船がなく、陸に上がった河童状態の苦しい時期でもあった。長州藩に購入してもらい、薩摩藩籍にして亀山社中が借用して運用していたユニオン号（桜島丸）も、薩摩藩籍にしたのを長州藩の一部が騒ぎ立て、完全に長州藩の運用方となったからである。

そんな時に飛び込んで来たのが、大洲藩からの鉄砲と艦船の購入依頼であった。

国島は勝策と一緒に亀山社中を訪ねて以降、一人で宇和島藩の役人と出かけ、勝策に商売の進捗状況を話してくれることもなかった。

「勝策、そちは長崎の町を見物して歩け。日本の中の異国のこの町、お前には勉学になることばかりだぞ」

仕方なく、勝策は一人で長崎の町を出歩き、異国人の家を見ては感心し、大きな商人の店先に並べられている商品の多さに驚きながら、一日を潰さねばならなかった。

ある日、港の近くから坂の方を見回していた勝策は、山手の方に白い建物を見つけた。近くを通りかかった男に指差しながら、

「あれは何ですか」

「ああ、あれは異人さんの住んでいる、よんご松のガラバ邸（グラバー邸）ですよ」

「よんご松のガラバ邸とは何ですか」

「イギリスのガラバさんの屋敷ですたい。途中の道に松があるとです」

勝策には楽しい会話だが、男は興味なさそうに歩いて去った。そんな毎日にもすぐに飽きた。

ところが退屈しのぎに「かん丸」の利兵衛を訪ねて、そこで思いがけない言葉に驚いた。

「井上様、港では大洲藩が汽船を購入するとのもっぱらの噂ですが、ご存じですか」

「まさか。鉄砲は今お奉行が商談中だが、その間違いだろう」

「いや、新式の外国船の中から選んでおいでとか。私も是非その船に乗りたいと思っており

ます」

「どこから聞いた」

「薩摩屋敷出入りの船頭から聞きましたが」

「何かの間違いと思うが、一度お奉行に聞いてみよう。私は何も聞かされていない」

首をかしげる勝策に、これ以上何を聞いても知らないと判断したのか、利兵衛はそれ以上は聞いてこなかった。

（おかしいな、この長崎で自分の知らない何かが行われている）

勝策の胸に不安が広がった。問いただそうと勢いよく宿屋に帰ったが、国島は忙しくして、なかなかその機会が訪れない。

夏の太陽がじりじりと照り付ける。長崎は盆地であるためか、ことの外暑い。鍛えた勝策さえ立ちくらみがするほどである。そんな猛暑の中、国島の外出は続いていた。

ある日、長崎の町を慌ただしく走り回っていた国島が帰宅し、宿舎で焦燥感にさいなまれながら待機している勝策に声をかけた。

「井上、今夜は丸山の料亭に出かけるぞ。用意しなさい」

国島は何か安堵したような顔になっている。

「商談がまとまったのですか」

「ああ、坂本龍馬というご仁のおかげで、イギリス商人ボードウィン殿から、蒸気船を購入する話がまとまったのじゃ。鉄砲類は手当てできなかったが、新式のオランダの汽船が購入できた。そのお礼も兼ねて、亀山社中の人たちを招待することになった。宇和島藩の長崎出役の方達も一緒じゃ。お前も一緒に連れて行く。良い勉強になるぞ」

「船をお買いになったのですか。お奉行の一存でそんな買物をなさって大丈夫ですか」

勝策は国島の言葉にあぜんとしている。

「四万三千両の買物だが、これで国元と長崎の交易を盛んにして、軍資金を稼ぐことができる。それから鉄砲購入じゃ」

一人で上機嫌な国島の様子に、井上は疑念が込み上げきた。

（これは前もって家老たちとの打合せができていたのではないか。私の建白はどこに消えたのだ）

腹の底からの怒りもあった。自分が提出した建白書をだしにして、藩の重役連中が動かねば、奉行一人で四万三千両もの船が購入できるわけがない。

しかし、それを口にするのは身分が違いすぎる。勝策は畳を見つめて、じっと怒りを堪えていた。

国島が坂本龍馬から斡旋されたのは、オランダで建造されて四年にしかならない、アビソ号という新式汽船である。長さ三十間（五四メートル）、幅三間（五・四メートル）、深さ二間（三・六メートル）、総鉄製内輪で四十五馬力、積載量は一六〇トン。三本マストを備え、風のある時には燃料節約のため帆走できる。燃料として石炭は一昼夜で二万斤、種油は一斗が必要であった。

アビソ号斡旋の裏には、当時困窮していた亀山社中の財政難を扱うために、龍馬にはどうしても大洲藩に売りつけねばならない理由があった。元値は三万両。差額の一万数千両が儲けとなる。社中に薩摩藩から届けられる一人三両二分の費用では、遊び好き、派手好きな、百人を超える男たちの生活資金は年中不足していた。

このアビソ号は一度は薩摩藩が購入したが、大型の艦船購入で不要になりボードウィンに購入させた船で、仲介すれば手数料が入る。双方共に得な取引となっている。

「この手元不如意の時に、鴨が葱を背負って飛び込んできましたね」

薩摩藩の五代才助が龍馬の顔を覗き込んだが、龍馬は涼しい顔をしている。

「いやいや、いつまでも薩摩藩や茶屋のおけいさんの袖にばかりすがってはおられませんからな。商売、商売ですよ」

亀山社中も久しぶりに活気が戻った。

「大洲藩の宿泊所となっている宿屋に、気の利いた男を一人潜り込ませておきました。何しろ最近にない大商い。相手の動きは逐一分かっております」

「坂本さんらしい。まずは情報第一ですな」

薩摩屋敷から丸山に向かう坂道で、龍馬と五代才助は低い声で笑い顔だ。

「今夜遊ぶのは、この長崎の花町でも一番の『花月楼』じゃ。勝策にも勉強になるぞ」

国島は浮き立っている。蓑島利兵衛も船から降りてきていた。

「これから会う坂本龍馬殿の顔はしっかりと覚えておけ。いつか役に立つやも知れぬ」

国島は、この時ばかりは鋭い目を勝策に向けた。

「花月楼」に到着すると、すでに龍馬や五代才助は着いているという。店の中でも一番異国風な部屋「磚《せん》の間」が龍馬たちが待つ部屋で、床一面にタイルが敷き詰められている洋間であった。

亀山社中からは、龍馬のほか、山本謙吉（土佐藩出身の書記役）、橋本久太夫（幕府軍艦「翔鶴丸」脱走者で越前出身）、柴田八兵衛（越前出身）の三名と、薩摩藩からは五代才助が同席していた。

国島は謝意を述べた後、勝策と利兵衛を紹介して宴会に入った。

すぐに遊女が入ってきて賑やかになったが、ここに呼ばれたのは日本人向けの高級な遊女たちである。丸山には、日本人向け、唐人向け、オランダ人向けの三種類の遊女たちがいたが、初めて丸山に遊ぶ勝策にはそんなことまでは分からない。

まだ昼間というのに、酒宴が始まった。

龍馬は、これから自分は長州に向かうから、後の価格などの交渉は薩摩藩の五代に任せてあると発言した。

勝策はテーブルを回って酒を注いだ。龍馬の前では時に緊張したが、

「井上さんというたかな。剣は何流を使いなさるか。わしは北辰一刀流じゃ」

髪がぼさぼさの大男は、気さくな声をかけてくる。

「今呼びにやっている肥前大村藩の渡辺昇は、鬼斎藤の道場で目録をもらっている。しかし、これにはかなわんきな」

懐から南蛮短筒を取り出して見せた。

「これはペストルという鉄砲の一種じゃ。役に立つぜよ」

「私は田舎者ですから初めて拝見しました。戸田流の抜刀を少々たしなんでおります」

「抜刀か、狭い屋内では使えるな。一度京都に上ってみなさいよ」

その時、国島が横に来たのに一礼して、勝策は龍馬の前から離れた。

（馬のように長い顔をしている）

顔の特徴だけはしっかりと刻み付けた。

この龍馬は、一度面識になった人間とはすぐに百年の知己のように親しくなる。相手の思惑や感情など無視して、すぐに仲良くなる性格を持っていた。

その後、噂の渡辺昇や土佐藩の佐々木高行、長州藩の伊藤俊輔なども呼ばれて、夜遅くまで騒ぎまくった。

勝策も酒には強く、したたかに飲み、翌日目を覚ましたのは赤い布団の上で、横には年増の女がいびきをかいて眠っているのに驚いたが、頭が割れるような二日酔いを覚えた。

「うちはこん人が良か。今夜は帰さんからね」

年増の遊女が勝策の首にかじり付いてきたのを、かすかに覚えている。

国島は気を利かしたのか、昨夜のうちに帰ったらしい。勝策は女を起こさないように身仕度して階下に降りると、そっと外に出た。強い太陽の光でくらくらする頭に、鐘の音が鳴り響いてきた。静まり返る朝の町に、寺の鐘の音が響いている。

（未熟なことよ。酒に飲まれるなんて）

勝策は苦笑しながら、「ふくさや」の看板のあるカステイラ屋の角を曲がり、下宿に向かって坂道を下り始めた。

商社示談書

西郷吉之助と木戸貫治たちの平戸島田助港での会談は無事に終わった。龍馬の朗らかな声が、重苦しい雰囲気を和らげた。

平戸島からの帰途、木戸は船の中でしきりと考え込んでいる。

（果たして薩摩は信用できるのか。あの西郷という男は信用してよいのか）

京都では敵藩として戦って、敗北しているだけに、今ひとつ信用できない。

（あの坂本龍馬の言う通り、薩摩と長州が手を結び、天皇を頭に立てて徳川幕府を倒すことはできる。確かにできようが、もし薩摩を敵に回したら、二度と長州は日の目を見ないことも確かだ。それには薩摩がどれくらい信用できるかにかかっている。坂本の出身地、土州も加われば、今までの長州の努力も実を結ぶ。それにしても昨日までの敵と同盟を結べとは、あの坂本という男、ただ者ではない）

木戸はまた、田助港の遊女屋の若主人多々良孝平の、「これからは狭い日本でいがみおうていては、日本は外国に侵略されて滅びてしまいます」と言った言葉に妙に引っかかってもいた。

（勤皇だ、佐幕だという時代は早く終わりにして、外国からの侵略から守らねば、清国の二

の舞になると、あの若い女郎屋の親父さえ言うたではないか）
「それにしても面白い男よ。胆も座っとる」
木戸は思わず声に出して笑った。童顔の多々良孝平にすっかり魅かれたようだ。

余談だが、この後、木戸貫治は孝允と名前を変えて、新政府の中心的な存在になっても、この多々良孝平との交際は続けている。孝平のために海産物取扱いのため「天朝御用船御札」の看板までも店に掲げてやり、「京都御用船御札」までも並んで掲げさせた。

長州御用達の役目に任命したのも木戸であった。多々良孝平が窮地に陥った時など、多忙を極める中、長州から船で平戸島に乗りつけ、問題を解決してやってもいる。

明治二年の十二月、木戸孝允は新政府の御用商人の看板を出そうとしたが、多々良孝平はその使者の到着する八日前の十一月二十八日、病死していた。享年三十二歳。それを聞いた木戸は、「やんぬるかな、貴重な同志を失った」と嘆いたという。

「まずは薩摩藩と長州藩とで、途絶えている商社条約を結んだらいかがですか。長州は幕府に邪魔されて武器弾薬、艦船の購入ができにくくなっています。これを薩摩藩に購入してもらって調達の道を開くことから始めましょうよ」

坂本龍馬の説得に、木戸貫治は納得した。いかにも龍馬らしい、双方が利益となるような発想の、両者が納得する同盟への足がかりであった。

龍馬率いる亀山社中の奔走により、イギリス商人グラバーから、最新式の小銃二千挺を始めとして、たくさんの大砲や新型の艦船などが、薩摩藩の長崎出役に引き渡され、それはそっくり長州藩に持ち込まれた。これで龍馬が提案する薩摩藩と長州藩の連合が一気に進むこととなった。

この新型の武器は第二次長州・幕府戦争で威力を発揮することになる。ただこの時、坂本龍馬の指示により、イギリス商人グラバーとの交渉役をしていた近藤長次郎（後に上杉宗次郎と名を改む）が秘密裡にグラバーに懇願して、海外留学を企てていたことが発覚して、その資金の不透明さと亀山社中の規則違反を問われて、慶応二年（一八六六）正月に仲間から責められて切腹するという事件があった。これは、龍馬の留守中の出来事であったのだ。後から報告を受けた龍馬は、「なぜ、俺に早く相談してくれなかったのだ」と天をあおいで悲痛な声を出したという。この近藤長次郎と龍馬は土佐藩時代からの親友であった。

ともあれ、この長州藩の武器調達は、幕末の転換期としての出来事として、大きな意味を持っている。

さらにユニオン号という汽船を購入して引き渡し、これが前述の通り問着を引き起こしたが、これも龍馬の活躍でどうにか治まった時、龍馬が商社示談契約の案を持ち出したのだ。

これには長州藩の木戸も、薩摩藩の五代も驚いたが、すぐにこの案に飛びついてきた。もし実行できたら大変な利益となるからだ。馬関海峡を通る船の通船料を、薩摩藩と長州藩で独占しようとの大変な謀議である。事実、この時契約された案件が完全に実行されたら、徳川幕府の命運はもっと早くに尽きたであろうと思われるほどの衝撃的なものであった。

これが慶応二（一八六六）年十月、坂本龍馬の立ち会いのもとに、木戸貫治、広沢兵助、久保松太郎の長州藩側と、薩摩藩の五代才助らとの間で交わされた「商社示談個条書」と呼ばれる締結書のことである。その内容は次の通り。

役条
一、商社の盟約はお互いの藩名を表さないで商家の名号を唱えること。
一、同社中の印鑑は互いに取り替えておくこと。
一、商社組合の上は、互いに出入り帳を持って公明に計算し、損益は折半とすること。
一、荷物船三、四隻を備え、薩摩の名号にして薩摩藩の旗を立てること。
一、馬関の通船は、品物によらず上下ともに差し止め、たとえ通行させなければならない船であっても、まだ改めがすまないからと言って引き留めておく。これはこの商社のもっとも重要な眼目である。

一、馬関通船の場合は、二十五日前に商社に通信すること。

この狙いは第五項目にあった。下関海峡の通行を押さえることにより、馬関の通船を塞ぎ、京・浪華への運送の道を断ち、馬関をして浪華の港に換えさせよう、との目論見である。我が国の経済の基盤を握ろうとした龍馬の途方もない謀略といえた。これも肥前平戸島で多々良孝平の話から学んだ、海賊王直の旗船料がヒントになったのである。

だが、坂本龍馬の斡旋でアビソ号を購入して「いろは丸」と名前をつけた大洲藩では、こんな謀略が裏で進められていることは知らなかった。これが実行されれば長崎交易は難義となり、汽船は無用の長物となりかねない大事であった。

当然のことながら、亀山社中の男たちには龍馬によって堅く口止めされた。

凱旋帰国

「いろは丸」を購入して長崎沖で操縦訓練を重ねていた大洲藩士の元に、新しく藩主になった加藤泰秋の国元への帰国が知らされた。夏の日差しの強い八月のことであった。九月初めには長崎滞在中の大洲藩士一同は領内に帰国するようにと、書面に追伸されていた。

「よし、『いろは丸』で長浜に帰国するぞ」

国島六左衛門は嬉しそうに言う。

九月六日の朝、まだ暗いうちから青島の西に待機していた「いろは丸」が、藩主の乗った「駒手丸」を見つけたのは五ツ半過ぎである。

「駒手丸」が青島の東側に来た時、「いろは丸」は走り出した。その速度に格段の差があるために、すぐに追い付いた。

薩摩藩の船旗を見た「駒手丸」側では驚いたが、並走してきた「いろは丸」の甲板から叫ぶ国島の声に気付いた。

「驚かして申し訳ありません。私は郡中奉行の国島六左衛門紹徳でございます。この船は我が大洲藩がこのたび長崎で購入いたし、長浜に帰国する途中で、お召船を曳航いたしたく思いますがいかがでしょうが。この船の性能を君侯にご披露する良い機会だと存じ上げますが、君侯のご承諾を賜わりたい」

「駒手丸」からは、しばらく声がなかったが、船窓から多くの驚きの顔が覗いているのに、国島は満足していた。

結局、国島の案は拒否されたが、「いろは丸」は「駒手丸」の前になり、後ろに反転したりしながら、その性能を十分に披露して長浜港に帰国した。甲板に立って胸を張っている国島は、井上勝策から見れば、まるで凱旋将軍のようであった。

ところが、この船の購入を藩主に披露した祝いの席で、大奉行の永田権右衛門が、国島が独断で汽船を購入したとして、その責任を追及する騒ぎがあった。

「殿に、祝いの席にはふさわしくはございませんが、一言申し上げたきことがございます。このたび郡中奉行の国島六左衛門は、銃器購入の名目にて長崎に出向きながら、藩議を経ずして艦船を購入したこと、いかがお思いになられますか。全く不届きな行為、黙って許されるおつもりですか。藩内が窮乏している中、はなはだしき越権行為と思われますが、ただちに初手の方針通りに銃器を購入し、国島は厳罰に処すが妥当と存じます」

酒が入っているとはいえ、その怒鳴り声は広間に響いた。

新藩主の泰秋は驚いた顔で、

「国島、今の話は本当か」

「仰せの通りでございます。長崎にて商品を購入して運ぶには、『かん丸』では小さくて難義いたしますゆえ、一存にて艦船を購入、藩の財政を潤うためには一番良いと存じ、決心いたした次第です。どのような責めでも負う覚悟でございますが、艦船の購入につきましては、何とぞお許し賜わりますようお願い申し上げます」

国島は畳に顔をこすりつけて懇願した。

「まあ、ここは殿の帰国祝いのめでたい席じゃ。その件は後ほど藩議を開くことにするゆえ、今日は不粋なことをするな。席が汚れるではないか」

家老加藤玄蕃がどうにかとりなして、その場は収まったのだが、その夜、永田権右衛門が暗殺される事件が起きた。犯人は結局判明しなかった。

もちろん長浜の船手屋敷でも、井上勝策は同僚たちから、武器調達が船購入に変わったことを責められたが、勝策には返事のしようがなかったのである。

三日後、「いろは丸」は長崎に向けて出航した。国島は何事もなく、その船の中にあった。永田権右衛門暗殺の犯人追及も、うやむやになっていた。

「いろは丸」には大洲藩が任命した新しい乗組員が乗り込んでいる。長崎に出発するに当り、家老大橋播磨から言い渡された者たちである。

船将　松田六郎
船将　玉井俊次郎
一等士官　蓑島利兵衛
二等士官　井上勝策　井上謹吾　後藤亮一郎
俗事方　豊川覚十郎（郡中奉行所）

同下役　和泉屋金兵衛　播磨屋源助
運用方　橋本久太夫（亀山社中）
機関方　山本謙吉（亀山社中）　柴田八兵衛（亀山社中）
小頭　木村伝五郎（船手奉行所）以下水夫十七名
小頭　篠原力松（船手奉行所）以下二十名
機関見習　喜多山半兵衛（船手奉行所）
運用方見習　大江益之進（歩行小姓）　西村学　阿部亮之助（長浜船頭）
機関油指方見習　豊川嘉一郎（郡中奉行所）
その他　長浜船手より六名

乗組員は揃って長浜で訓示を受けたが、その時、勝策の所に近づいた若者がいた。

「井上様ですね。私は郡中奉行配下の豊川嘉一郎と申します。井上様の剣術の腕はお奉行より聞いております。私も戸田流の抜刀術を学んでおります。いろいろと井上様よりご指導お受けせよとのお奉行からの言葉でございますので、今後よろしくお願いいたします」

痩せて神経質そうな、まだ二十歳前の若者である。白い顔の小柄な男だ。勝策が五尺五寸だから、五尺ちょっとしかないと見えた。唇が女のように異様に赤いのが、勝策の胸を騒がせる。

「君も『いろは丸』に乗るのか」

「はい、父は俗事方で乗り、私は油指方見習で乗せていただきます。まだ何も分かりませんので、どうかよろしくお願いいいたします」

「こちらこそ、よろしく頼む」

船の中でも、長崎に到着しても、嘉一郎は暇をみては勝策にまとわりついてきた。

雨の夜、皆が丸山に騒ぎに出かけた後、勝策が船の機関図面を見て勉強していると、静かに障子が開けられ、ひそやかな足音で嘉一郎が入ってきた。手には盆の上に銚子と盃が伏せられている。

「井上様、台所からいただいて参りました。一献いかがですか」

「おう、皆は出掛けたし、この雨では外に出る気にもなれぬ。酒でも飲もうかな」

「はい、私も井上様とゆっくり語り合いたいと思っておりました」

盆には、干した小魚を焼いたものまで乗っている。嘉一郎は勝策の盃に酒を注ぎ、自分はほんの少し唇を付けただけで、嬉しそうに話に聞き入っている。その瞳は勝策の顔から離れず、うっとりとしていた。

勝策は自分が建白した意見書が取り入れられなかった不満を、酒の酔いにまかせて喋っていたが、いつの間にか銚子は何本も空けられ、身体の芯からの酔いを覚えていた。

「豊川、俺はもう駄目じゃ、布団を敷いてくれ。いささか酔いすぎたわい」

嘉一郎はいそいそと押し入れから布団を出して敷き、勝策の袴を外し、着物を脱がせ、肌着一枚にすると、そっと布団の上に寝かせ、自分も横に寄り添ってきた。

「井上様、好きでございます」

嘉一郎の唇が勝策の胸の乳首を吸い始めた時、酔った頭の芯が官能にうずき始め、初めて味わう稚児の巧みな性技に、いつの間にか重なり合うように愛の姿勢に入っていた。

「井上様、好きでございます。嘉一郎とお呼びください」

「嘉一郎、俺もだ。好きだぞ」

勝策の頭の中に国島を裏切っているとの思いがあったが、目の前の愛欲には勝てない。事が終わった後、深い後悔があったが、すでに一線を越えたことは事実であった。

「国島様には悟られるなよ。殺されるぞ」

「はい、二人だけの秘密でございます。でも捨てないでください」

二人の唇は再び合わさって燃え始めた。

長崎では物産方と俗事方によって大忙しで品物が集められた。次々に「いろは丸」に品物が積み込まれてゆく。勝策も一日中、その仕事に追いまくられていた。

一段落した日、国島が沈痛な面持ちで宿舎に帰ってきた。

「勝策、亀山社中からの応援ができないと断わってきたぞ」

「どうしてですか。坂本さんの斡旋で、この『いろは丸』は購入したのではないですか」

「そうだ。外国商人に聞いたところでは、この船の妥当な価格は三万両であったらしい。それを四万五千両で購入させられたのは、これは商売だからやむを得まいと諦めているが、乗組員の乗船拒否は明白に違約じゃと坂本さんに面会を申し込んだが、長州に戦に出掛けていて留守と言う。せっかく品物を積み込んで、ここで待機させられては困るのじゃ」

翌朝早くに国島は出掛け、帰ってきたのは夕刻、その顔は憔悴しきっている。

「勝策、やられた。薩摩藩と坂本龍馬に見事にしてやられた」

国島は一枚の紙を差し出して見せた。

「これは亀山社中の者が自慢そうに宇和島藩長崎出役に持ってきたものだそうだ。読んでみろ。『いろは丸』の操縦を断わるはずだ。時間稼ぎをして、長州藩と薩摩藩の協定書ができるのを待っていたのだ。武士は信義を尊ぶが、あの連中はそんなかけらも持ち合わせていない。これで大洲藩だけでなく、瀬戸内を通る船は皆困ることになる。我らが『いろは丸』を購入した意味もなくなってしまう。赤間関を通る船は奴らの裁量で通される。こんな馬鹿なことが許されるのか。勝策、このことはしばらくは伏せておいてくれ。この責めは私一人でたくさんだ。

状況がはっきりするまで辛抱してくれ。それにしてもあの坂本という男、武家の風上にもおけぬ男よの」

その紙は、薩摩藩と長州藩が交わした「商社協定書」の下書きであった。勝策が慌てて目を通した文面には、完全に赤間関を独占する内容が書かれていた。

「こんなものが出来上がっていたのですか」

「そうだ。海を自分たちの都合の良いようにしている。皆が困ることも考えないで」

「坂本龍馬の考えですね」

「これだけの知恵は外の者にはできまい。大変な獣が出てきたものよの」

「斬りましょうか」

「あの男一人斬ったところで、何も変わりはしない。大洲藩士が斬ったとなれば、薩摩藩、長州藩、土佐藩が仕掛けてこよう。我らの無力が悔しいばかりじゃ」

国島はその夜、勝策に酒を勧めて、自分も飲み始めた。

長崎地方には台風が襲来していた。勝策は激しい風の音に眠れずにいたが、うとうとしながらも、何か寝苦しい中、奥の部屋からうめき声を聞いたような気がして起き上がった。予感めいたものを感じて、国島の部屋の障子を開けた勝策の目に、首から血を出し、畳に突っ伏して呻いている国島の姿が飛び込んできた。手には血のついた刀が握られていた。

「国島様、何をなされましたか」

慌てて抱き起こした勝策に、ぬるりとした腹からの血糊が伝わった。腹を切ったが死にきれずに首の動脈を切ったに違いない。それでもまだ絶命していなかった。勝策は国島の手から刀を外した。

「国島様、なぜ腹などお召しになったのですか」

勝策の必死の呼びかけに、国島は苦痛に歪む顔を上げた。

「私の命でこのたびの不始末が治まるなら安いものだ」

腹から流れ出る血と、首筋から吹き出る血が、畳の上を濡らして流れ出している。

「勝策、この『いろは丸』はげんの悪い船よの。水夫一人と、大奉行の永田様の命を飲み込んでいる。大洲藩にとって呪われた船になってしまったな」

多量の出血でもうろうとなりながら、呻くように言う。

「国島様、しっかりしてください。医者がすぐ参ります」

「坂本にしてやられた。残念じゃ」

消え入るような声を吐きながら、勝策の手を握ってきたが、力は入っていない。

「よいか、あの男から目を離すなよ。武士にとっては邪魔な男かも知れぬ」

仇を取ってくれ、と言うようなすがりつく眼差しに、勝策は思わず身震いをしながら、涙が止まらない。急を聞いて嘉一郎が飛び込んで来た。泣きながら国島に抱きつく。

この騒ぎの中、宿屋の納屋に住んでいた下働きの五助が、忍び足で屋敷を抜けて本博多町の薩摩屋敷に走り込んだのを、誰も知らなかった。

奥の部屋は畳一面に血の海になっている。その中に蒼白な顔をして嘉一郎が国島を抱きしめ号泣し続けている。

朝方、国島は息を引き取った。医者が来たが、一見したのち首を横に振っただけで手当さえしなかった。

「血が身体中から流れ出ています。手当のしようがありません……」

その直後、息を切らして坂本龍馬と薩摩藩の五代才助が宿屋に飛び込んで来た。

（おかしい。どうして坂本さんと薩摩藩は、国島様の自決を知っているのか）

勝策は自分たちの行動全てが見張られているような不気味さを感じた。

（この宿にも間者がいたのだな）

長崎の町での彼らの実力の大きさをも改めて知らされたのだった。

二人はそんな勝策の心情など察しもせず、国島の死体の検分をして引き上げた。勝策が思わず刀に手をかけたのは、龍馬が国島を片足で裏返しにした時だ。血糊で滑らぬ用心とはいえ、足で死体を動かすとは、勝策は思わずかっとしたが、その刀を玉井俊次郎がやんわりと手先で

押さえた。勝策の袖を引いてその部屋から出ると、玉井は、

「井上、お前がここで彼らに刀を向けてみろ、個人的な恨みだけではすまなくなる。薩摩藩、土州とも事を構えることになるのだぞ。今はまずい。辛抱してくれ。我慢するのだ」

玉井の目にも涙が浮かんでいる。

勝策は思わずへなへなと腰の力が抜け、畳に座り込んでしまった。その顔から涙が止まらなく落ちている。

「井上さん、貴男が刀を抜く時は私も一緒です。必ず私と一緒に抜くことを約束してください。お奉行はあの男たちに殺されたも同然です」

豊川嘉一郎も泣いていた。その肩を抱きながら、勝策の胸は熱くなっていた。

「嘉一郎、お前にとっては親同然のお人であったものな。仇を取る時は一緒にやる」

涙を流しながら握り合った手に力がこもっていた。回りに余人がいなければ、押し倒して唇を吸い付けたかも知れないほどの愛情を嘉一郎に感じて、勝策はうろたえたほどであった。

数日後、国島の遺体は船で大洲藩に運ばれ、寿永寺に埋葬された。事が事だけに心配された国島家の跡目相続も、家老加藤玄蕃の尽力によって許され、悲痛な気持ちから立ち直れない勝策もほっとしたのである。

（あの坂本という男、いつか斬ってやる。嘉一郎と一緒に必ず決行する。国島様の無念は必

ず晴らす）
郡中奉行まで勤めた人にしては寂しい密葬の読経の声を聞きながら、勝策は決心を固めていたが、まだ具体的には何をなすべきか分かってはいなかった。

薩長同盟

幕府軍による二度目の長州征伐の失敗で、日本国の進路が判然としないことから各地で混乱が起きていた。長州藩では木戸貫治が自慢した通り、討幕派が指導権を確立して、挙藩軍事集中体制が出来上がっていた。

「今こそ薩摩藩と軍事同盟を結ばねば、公武合体派の意見を退け、一気に幕府を倒すことはできぬ。ここは怨讐を超えて、薩摩藩との同盟に踏み切るべき」

長州藩内で木戸の主張が通った。

薩摩藩の西郷隆盛が上京の途中、下関に立ち寄るとの連絡も届いた。だが、西郷は急遽京都に上らねばならない用件で、下関には寄らず、船でそのまま素通りしてしまった。これを聞いた木戸は怒った。

「これだから薩摩の奴らは信用できない。あれほどの約束もすぐ反故《ほご》にしよる」

それを聞いた坂本龍馬はすぐ下関で木戸に面会した。

「木戸さん、このたびはやむを得ない仕儀と相なったが、わしと一緒に京都に上ってもらえませんか。どうしても薩摩と手を結んでもらわねば、この日本を変えることが遅くなります。長州藩の軍事力は空恐ろしいほど強いとは分かっちょります。それに薩摩藩の強力艦隊が加われば、日本を変える速度が速まります。今が良い機会です」

今の長州藩は、食料、武器弾薬が不足していることは誰の目にも明らかで、それを薩摩藩との協力で確保できた上に、討幕の中心に座っていられる同盟は悪いはずがない。

「感情的には面白くないが、坂本さんの言われる通りじゃ。すぐに京都に上ります」

慶応二（一八六六）年正月二十二日、京都で劇的な同盟が成った。坂本龍馬、中岡慎太郎の奔走で、薩摩藩の小松帯刀、西郷吉之助、長州藩の木戸貫治との間で取り交わされた、世にいう「薩長同盟」の締結であった。

一、戦と相成った時は、すぐさま二千余の兵を差し登らせて、現在の在京兵と合し、浪華へも千ほどの兵をおき、京都・大坂の両処を相固めること。
一、戦の趨勢が長州の勝利になるような時は、薩摩藩は朝廷へその旨告げて尽力すること。
一、万一戦に敗れることがあっても、一年や半年で長州が潰滅するようなことは決してないから、その間に薩摩藩はいろいろと尽力すること。
一、現状のまま幕兵が東帰した時は、きっと朝廷へ申し上げ、すぐさま長州の冤罪がとけるように尽力すること。
一、兵士を上国させた以上、一橋、会津、桑名らが今のように勿体なくも朝廷を擁して正義を拒み、周旋尽力の道を合遮っている時は、ついに決戦に及ぶ以外にないこと。
一、冤罪もとけた上は、薩長双方は誠意をもって相合し皇国のために砕身尽力することはいうまでもなく、いずれの道にしても今日より双方皇国のために行為を相輝かせ回復させることを目途に、誠心を尽くし、きっと尽力すること。

龍馬はこの同盟書に得意満面な笑顔で裏書した。

表に御記しなされし候六条は、小（小松帯刀）・西（西郷吉之助）両氏及老兄（木戸貫治）・龍（坂本龍馬）等も御同席にて議論せし所にて、毛頭相違これなく候。神明に誓い候也。

ここに日本の将来を大きく変えることになる薩摩藩と長州藩の同盟が結ばれたのだ。土佐の田舎郷士坂本龍馬が、各地を飛び回りながら培った人脈を使って、維新への道を切り開いた瞬間ともいえたのだが、本人はそんな大仰なこととは思っていない。

しかし、薩摩藩と長州藩との画期的な同盟を斡旋した龍馬は、佐幕派や幕府役人には危険人物として狙われる対象になった。

同盟が成立した翌日、龍馬は京都伏見の「寺田屋」に帰宅。幕府方はこれを待ち構えていた。その夜遅く、伏見奉行所役人が襲撃した。

寺田屋は、伏見の造り酒屋の立ち並んだ川に面した小さな旅籠である。玄関を入ると左側に風呂場があり、正面には二階の客室に上がる階段が見え、一階は家人の部屋、二階には六畳ほどの部屋が四室あった。龍馬がいつも使っているのは階段を上がって左側の部屋で、窓の外には隣家の屋根がくっついていた。

たまたま風呂に入っていた寺田屋の養女お龍が物音に気付き、裸のまま飛び出して二階に駆け上り危急を知らせた。すぐに刀を持ち短筒を用意した龍馬は危機一髪で助かった。踏み込んできた襲撃者をピストルで何人か撃ち倒したが、左手に傷を受け、隣の屋根を伝って裏口から逃げ、近くの薩摩屋敷に逃げ込んで助かったのである。それを手引きしたのはお龍で、その後の傷の看護も一所懸命に尽くしている。

その様子を見ていた中岡慎太郎は、

「おい龍馬、お龍さんを嫁にしろ」

聞いていたお龍が赤く頰を染めるのに、

「裸をさらしてわしを救ってくれた女、勿体ない嫁じゃ」

話はとんとんとまとまり、簡単な三三九度の式を挙げ、薩摩藩の船でお龍を連れて薩摩領に新婚旅行に旅立ったのは、三月になってからである。封建社会では考えられない画期的なことであったともいえよう。武士社会の者には「得体の知れぬ鵺の男」と陰口を叩かれて嫌われた龍馬は自由人であった。


龍馬は姉乙女に宛てた手紙の中で、お龍のことを逸話を交えて紹介している。

……十三歳の妹はことのほか美人なれば、悪者これをすかし、島原の里へ舞妓に売り、十六になる女は、だまして母に言いふくめさせ、大坂に下り女郎に売りしなり。……それを姉（お龍のこと）さとりしより、自分の着物を売り、その銭をもち大坂に下り、その悪者二人を相手に、死ぬる覚悟にて刃物ふところにして喧嘩致し、とうとういい募りければ、悪者うでに彫り物したるをだしかけ、べらぼう口にておどしかけしに、元より此の方は死ぬる覚悟なれば、とびかかりてその者胸ぐらつかみ、顔したたかになぐりつけ曰く、その方がだまし大坂につれ下りし妹をかえさずば、これきりであると申しければ、悪者曰く、女の奴殺すぞと言いければ、女曰く、殺されにはるばる大坂に下りおる、それは面白い、殺せ殺せと言いけるに、さすが殺すというわけにはまいらず、とうとうその妹を受け取り、京の都に連れ帰りたり……。

このお龍を寺田屋に養女として世話したのも坂本龍馬だといわれている。彼女の父親は楢崎将作という町医者で、梁川星巌《やながわせいがん》や頼三樹三郎《らいみきさぶろう》と親交のあった尊皇攘夷論者で、安政の大獄で捕まり、獄死とも釈放後の病死ともいわれている。いずれにしても、父の死で二男三女が残されて苦労している。龍馬の手紙は、その時だまされて売られた妹を、姉お龍が助けたいきさつを紹介したものである。

海の章

艦船衝突

「この風での出港は無理ですよ。沖に兎《うさぎ》が飛んでいます」

伊予長浜沖の海は風で白波が飛んでいた。珍しく荒れている。沖の白波が見えているのを海人たちは「兎が飛ぶ」という表現をする。慶応三（一八六七）年一月二十日の朝である。

昨夜から風待ちのために長浜港に留められたままの「いろは丸」の乗組員には焦りが見られた。長崎港に向かい、坂本龍馬の海援隊に船を貸し出し、その後、海援隊は武器弾薬を大坂まで運ぶ予定になっていた。海援隊を率いる坂本龍馬が伊予大洲藩に出した条件は、

一、借船賃貸料十五日間で五百両。

一、積み荷は穀物と雑貨品。

一、機関士他の乗組員は海援隊で受け持つ。

これは破格の条件であり、長崎出先役からの問合せに大洲藩の重役方は承諾して貸し出した。

龍馬が土佐藩に脱藩の罪を赦されたとの情報に安心したためでもある。無藩の浪人には高価な船の貸し出しは許可しなかったであろうが、玉井俊次郎からの問合せのあまりの好条件に、藩重役は承諾の返事をしたのである。

翌日、ようやく天気も回復し、海も凪いだので、「いろは丸」は長崎港に向けて出航した。長崎港で待っていた龍馬たち海援隊に引き渡して安堵した。先に薩摩藩と長州藩で交わされた馬関通商条約は、そのことを知った薩摩藩西郷吉之助に、

「これからの日本を新しく立て直すという時に、そんな皆が迷惑をするようなことはしては駄目だ。もっと新生日本の大局を考えないかんぞ。止めとけ」

と巨体の大声で怒鳴られて、取り止めになっていた。大洲藩の国島六左衛門の切腹は無駄死にとなってしまった。

（坂本龍馬の策謀のために、国島様は無駄死にをしてしまったのか。こなくそ）

「もう少し辛抱してくだされば良かったのに、なぜ死に急ぎなされたのか」

一緒に乗っていた嘉一郎の肩を抱きながら、勝策の顔が紅潮していた。

「こなくそ、すべてあの得体の知れぬ坂本龍馬の仕業じゃ、こなくそ」

「こなくそ」とは、この地方での「こんちくしょう」という意味の罵言である。

勝策は宿に泊まり、船員たちは「かん丸」に戻って行ったが、嘉一郎は去る時、小声で、

「今夜、宿に参ります。玉井様にはお許しをもらっています。遊びには出ないでください」

玉井俊次郎をはじめ主だった者は丸山の遊廓にでも入っているのであろう。

「分かった。待っている」

その夜、密かに船を降りて勝策の長屋に忍んで来た嘉一郎を、勝策は泣き出すほどに虐めた。嘉一郎の赤い唇に唇を合わせ、華奢な細い白い身体を背後から思い切り貫いて、どうにか勝策の荒ぶった気持ちが治まったのは、すでに夜も白く明け始めた頃であった。

「今夜の井上様は恐かった。でも嬉しい」

終わった後、涙を浮かべて、嘉一郎は甘えたような声を出してすがりつくのに、勝策は、

「嘉一郎、私にどこまでも付いてくるか」

「はい、私はどこまでも付いて行きます。他の人に色目は使わないでください」

「お前一人で十分だよ」

稚児を持つのはこの時代、さほど珍しいことではなかったが、それでも二人の関係は秘密が保たれ、それがまた二人の強い絆ともなっていた。女との恋よりも、男同士の愛情が強い場合もあるのだろう。念者の契りとも言われている。

坂本龍馬はこの四月に土佐藩海援隊隊長に任命され、張り切っての出港である。

土佐藩からの赦免書状は、龍馬の脱藩赦免に動いた福岡藤次が長崎まで持参した。さらに土

佐藩参議の後藤象二郎も長崎に乗り込み、すぐに龍馬を丸山の料亭に招いて会談している。

この頃、後藤象二郎は土佐藩内に開成館を建設していた。これは軍艦、勧業、貨殖など十一の部署に分けて総合的な教育、育成などを目的とし、他国に遅れをとっている土佐藩の近代化を図るものであった。この開成館はこの後、土佐藩における近代的軍備と殖産事業、藩営貿易の母体となってゆくのである。

ところが肝心の土佐藩の重役たちは、今後の時局の推移に全く何をしてよいか分からなくなっていた。そこで思いきった若手の登用となったのだ。この時、後藤象二郎は二十六歳の土佐藩の青年重臣、龍馬は二十九歳の自由に生きる野生児、両極端の男の対面となった。

久坂玄端を殺させた仇の後藤象二郎に龍馬は反感を持っていたが、長崎丸山の料亭の会談で、その見識の深さにいっぺんに後藤を好きになった。このあたりにも龍馬の物事にこだわらない大らかさがある。また、下士あがりの龍馬をあまり好まない後藤だが、龍馬の船の知識、外国の新知識には一目置いていた。この優れた才能の若者たちを他の藩に利用されるよりは土佐藩のために生かしたいと思っての行動は、後藤象二郎、やはり優れた政治家ともいえる。この時から後藤は龍馬を徹底して利用することになる。自分の好みよりも、時代の流れを見る目を優先させたのだ。

坂本龍馬こと才谷梅太郎
右の者脱藩罪跡赦免され、海援隊隊長にこれを仰せつけらる。
　但　隊中の処分一切これを仰せつけらる。
卯四月

坂本龍馬率いる亀山社中の男たちは勇躍、土佐藩海援隊に組み入れられた。もともと胆力と武力に優れた者が多く、幕府の海軍伝習所で船のことは学んでいる。日陰の身から表舞台に飛び出せた男たちは張り切って、船歌などを歌いながら長崎の港を後にしたのは慶応三年四月十九日の朝であった。

馬関海峡を通る時、龍馬の脳裏に、この海峡を薩摩藩と長州藩で封鎖して莫大な利益を上げる計画が頓挫したことを悔しがる余裕があった。

（わしは土佐の芋掘りじゃけ、政治は分からぬ。これからも船に乗って走り回るだけ）

四月二十三日、紀州藩塩津浦から、紀州藩の軍艦「明光丸」が長崎に向けて出港した。「明光丸」は紀州藩が初めて購入した軍艦である。蒸気船で、イギリス商人グラバーから、十五万五千ドルの高価な新造船バハマ丸を購入して「明光丸」と名前を変えたのだ。

全長四十一間（七四・六二メートル）、幅五間（九・一メートル）、水深三間半（六・三六メートル）、百五十馬力、八八〇トンの大型艦船である。館長は高柳楠之助《げんぼく》であった。

高柳は紀州藩では珍しく蘭学を極めた武士である。江戸の伊東玄朴の元でその才能を伸ばして塾頭まで勤め、函館に開設された幕府開成所の武田成章《しげあや》の下でイギリス流の航海術を修めて、明光丸艦長に任命され、すでにこの時三年間も「明光丸」に乗っていた。また一等機関士岡本覚一郎は、幕府長崎製鉄所で機械の操作を習得し、熟練した船乗りであった。

この時の「明光丸」には、紀州藩から勘定奉行茂田一次郎、奥右筆《おくゆうひつ》山本弘太郎、勝手組頭清水伴右衛門、仕入頭取速見秀十郎なども、長崎で起きた紀州藩御用商人の不祥事の後始末に向かうために乗船していた。

「長崎には得体の知れぬ者がうようよしている。御用商人までもが我が藩を食い物にするとは。きっぱりとけりをつけてくれるわ」

勘定奉行の茂田は威勢はいいが小心なことを知っている高柳は苦笑していた。

その日、雨の讃岐沖は深い霧に包まれていた。波もなく穏やかな海だが、船にとって視界の悪いのはどうしようもなく勝手が悪い。ましてや夜の航海は昼の何倍もの注意が必要であった。夜になっても霧は晴れず、監視役の運転方長尾元右衛門にも緊張が続いていた。

霧と雨の暗い夜、船が備中沖の六島の付近を航海している時、変事は起きた。

先に自船の右側から向かってくる船を認めたのは、「明光丸」の長尾元右衛門であった。通常、夜間、濃霧の時に航海する場合は、マスト柱の灯火と舷灯が点されるが、相手の船には舷灯が見えなかったから発見が遅れた。

「船だ！　ぶっつかるぞ。奴らは何を見ているのだ！」

怒号が飛んだ。大型船と認めるのが遅れたのは、舷灯の光が見えず漁船と思い込んだためである。いきなり黒雲の湧くごとく大きな黒い影が浮び上ってきていた。

これは当然のごとく「いろは丸」側の落ち度であったが、よほど慌てたのか、明光丸が船を右に回してしまった。「いろは丸」側も慌ててしまった。左側へ舵を切ったからたまらない。避けられず両方の大型船は大音響を立てて衝突した。

「明光丸」は相手の船の横腹に突っ込んだ形で衝突していた。

先方から来る船は、こちらの赤い舷灯を見ると、当然のように右側に方向を変えるのが航法で、すれ違う時は外側に船を向けて避けなければならない。このことを無視した衝突である。

高柳艦長は衝撃で叩き起こされ、慌てて甲板に出て見ると、自艦の船首が相手の蒸気船の船腹に衝突し、相手方の船は蒸気釜と煙突を破損しているのか、物凄い黒煙が回りを包んでいるのが分かった。

「何をしている。すぐに船を後退させよ」

機関士に怒鳴ると、「明光丸」はすぐに後退した。

「ようし、こちらは微損のようだ。前進しろ」

だがこの時、今まで衝突した経験のない「明光丸」の機関士が、慌てていたためか、また「いろは丸」に衝突させてしまったのだ。これが後々紀州藩側の落度として、龍馬に難癖をつけられる原因となるのだが、今は相手の船の乗組員の安否が先で、すぐに紀州藩側からは士官岡崎桂助を先頭に甲板員らが相手船に乗り組み、安否を確かめた。

蒸気による負傷者三人。船は裂けた船腹からの浸水で、船首が早くも傾いてきていた。

「一刻も早く曳航しなければこれは船が沈む。とにかく皆さんは私どもの船に乗り移ってください」

ところが「いろは丸」の乗組員は落ち着き払っている。まるで自船が沈まないと思っているかのようである。

「よいか、手荷物だけは忘れるな」

意外にも時がかかって、水夫十六人、龍馬他二人、乗客十三人を荷物と共に移し終わるのに半刻（一時間）が過ぎていた。

この時、高柳艦長は、相手の艦船が伊予大洲藩の船で、土佐藩の海援隊が借用しての航海であったことを知る。

（土佐藩の海援隊とは何者じゃ）

何か得体の知れぬ不安を覚えたが、今は一刻も早く船を最寄りの港まで引かねばならぬと、気持ちだけが焦っていた。

「いろは丸」は「明光丸」に曳航されて進んだが、途中での浸水がひどく、結局、備中宇治島の近くで朝方に沈没してしまった。

「沈没します。曳航の大綱を切らないと、こちらまでも引きずり込まれます」

水夫の叫び声に、高柳艦長は断を下した。

「おいおい船の積荷はどうするつもりじゃ。大損やで」

海兵隊士の悲鳴が聞こえた。

「仕方ない。大綱を切断し、全速力で船を離せ」

「明光丸」が備後鞆港に到着したのは、すでに夜の明けた頃であった。龍馬は長州藩の下関港に着けてくれと要望を出したが、高柳艦長はとりあえず近くの港に着けるとなだめて鞆《とも》の津《つ》に入った。

「貴艦も我が艦も、ともに藩命にて航海しておりました。速やかな事故の話し合いをしたいと存じ上げます」

大男の言葉は丁重だが、その目は光っている。

高柳艦長は龍馬の申し出をもっともとである応じ、その日からの話し合いになった。ところが、互いを非難するばかりでらちがあかない。

「いつまでこんな所にいる。我々は先を急ぐ。長崎でゆっくり談判しよう」

茂田一次郎は高柳艦長にに催促し、船を出させたのだ。

先を急いでいる紀州藩側としては、長崎で話し合いを続行することにして、希望者だけを乗せて出航してしまった。乗客や海援隊士たちは置き去りにされた格好になった。

この乗員置き去りの一件も、後に坂本龍馬、土佐藩、薩摩藩から難癖をつけられることになるのだが、この時は御三家の威光をかさにしての横暴となったのである。

（今に見ておれ。御三家の紀州家と威張って、我ら田舎者を馬鹿にしたような仕打ち、承知できないからな。きっちりと落とし前は付けちゃるけんの）

出て行く「明光丸」を見送りながら、龍馬は屈辱に震えていた。

龍馬たちは残された者だけで下関に向かい、しばらく長州藩士たちと打ち合わせた後、長崎への船便を見つけて、五月八日、ようやく長崎に帰ったのである。

長崎の土を踏んだ時、改めて鞆の津での屈辱が甦ってきた。

（必ず賠償金は分捕っちゃるけんの。こんな仕打ちをされて黙ってはおれん。紀州藩にこの

尻はきっちりと拭かせてやるけんの）

龍馬の顔に決死の色が浮かんでいた。

「何が何でも紀州藩からは大金を巻き上げてやる」

そばにいた書記の山本謙吉に呟いた。

「これは戦いじゃ。我ら海の者と大大名の知恵の喧嘩じゃ。負けるわけにはいかぬぜよ」

身体から殺気さえ感じられ、山本は思わず身震いした。

航海延略策

長崎の町の坂道に桜の花弁が雨に打たれて流れている日、一人の旅姿の男が亀山の寺に飛び込んで来た。本博多町の小曽根英四郎が一緒に来ている。今では亀山社中に長崎での出先所のように使われている質屋であったが、小曽根は喜んで龍馬に協力している。

「何、高杉さんが亡くなっただと」

「はい、身体を壊して、突然の病死だそうです」

「これで風向きは薩摩に向かったな」

「はっ」

「薩摩と長州との同盟が堅くなるのよ。長州は木戸さんの意見が通りやすくなった」

「木戸さんとは、あの桂小五郎さんのことですか」

「そうだ、勤皇の志の熱い人だ」

龍馬は熱に浮かされたようにして、亀山村の寺の離れの奥に座っていた。寺の玄関には大きな杉の板に「土佐藩海援隊宿舎」と黒々と墨書きしてある。

「いろは丸」沈没の交渉は、すでに薩摩藩の五代才助が乗り出していた。

（どうやって紀州藩から大金を取ることができるか）

龍馬の気持ちはその一点にある。そんな思案の最中に、高杉晋作の病死の知らせであった。町中から走り込んで来た小曽根の報告に、日頃冷静な彼も興奮した声になったのはやむを得ない。ようやく薩摩藩と長州藩の協定がなり、これから幕府との戦いが始まるかも知れないと緊迫した時、長州藩の戦略家高杉晋作の死去の与える影響は計り知れないからだ。

（しかし、物は考えようだ。攘夷論を、馬関戦争であれほど外国艦隊に叩かれても変えなかった人が、長州藩から消えた今、薩摩藩と長州藩との和解の中で、もっと踏み込んだ同盟ができるかも知れぬ）

長州藩は、一度は藩士の直目付長井雅楽の献策した「航海延略策」で、幕府の公武合体策に対抗し、幕府の危機を救おうとした時期があった。

幕府が狙った公武合体策とは、井伊直弼が行った異国との違勅調印を巡る政治情勢の急変から、反対派の担ぐ天皇家と将軍家との血縁関係を結び、朝廷を幕府側に引き込む手段として考えられ、幕府攻撃の口実をなくすためでもあった。尊皇攘夷運動の名分を幕府側に奪うという狙いもあった。

そこで井伊直弼や、井伊が暗殺された後の安藤信正は、有栖川宮とすでに婚約していた孝明天皇の妹和宮を、将軍家茂の正室にと願い出た。この理不尽な幕府の申し出に、本人の和宮は猛烈に反発した。しかし、尊敬する兄の孝明天皇は粘り強く、妹の和宮を説得したのである。もとより徳川幕府との戦いなど思いもよらなかった。

「わが妹よ。この国難を救うためには、そなたの江戸に下向しか道は無いのだ」

孝明天皇の説得に、和宮としても、これ以上の我がままは許されない。


御上にもかれこれ御心配遊ばし戴き、御あつき思召様の程、段々伺ひ、誠に恐入まひらせ候まま、誠にいやいやの事、余儀なく御うけ申上候事におわしまし候。

「兄上様、いろいろとご心配頂きまして、誠にそのおん心ありがたいと思います。その兄上様の心の内を考えますと、私がこれ以上のわがままはいえません。本当に嫌々のことではございますが、お受け致しまして、江戸に向かうことに致します」

と、まあ現代風にいえば、このようになろうか、嫌々ながら幕府の申し出に従ったのである。

文久元（一八六一）年十二月、十六歳の和宮は江戸城大奥の主人となる。その後、四年目に将軍家茂は亡くなり、未亡人となる悲劇。さらに同じ年、兄の孝明天皇までも、毒殺の噂が立つほどあっけなく病死した。

幕府の開国政策と京都を中心とした攘夷論の対立は激しくなり、ここで登場したのが、航海延略策を進言した長州藩の直目付長井雅楽であった。「智弁第一」といわれる長州藩では切れ者である。今の日本が直面している危機にいかに対処すべきかを論じたのである。


皇国の御為と思召され、京都・関東とも是迄の御擬態丸々御氷解遊ばされ、改て急速航海御開き、武威海外に振ひ、征夷の御職相立候様にと厳勅関東へ仰せ出され候はゞ、関東に於て決して御猶予は之ある間敷、即時勅命の趣を以て列藩へ台命を下され、御奉行の御手段是あるべく、左候得ば国是遠路天朝に出で、幕府奉じて之れを行ひ、君臣の位次正しく、忽ち海内一和仕るべく、海内一和仕り候て、軍艦富み士気振起仕候はゞ、一箇の皇国を以て五大州を圧倒仕り候事、掌を指すより易く之有る可く候。

幕府、朝廷ともに旧来のわだかまりを捨て、航海を開き、武威を海外に振るうよう、朝廷より征夷の役にある幕府に命令すれば良い、そうすれば国内は統一した意思で固まる、というのが主旨で、困っていた幕府はこの策に飛びついた。

京都に上った長井雅楽は朝廷の内意を取りつけ、江戸で幕府に建白したのである。これが外様大名による初めての政策関与となった。

こうして政治の表舞台に躍り出た長州藩だが、藩内対立の混乱により、長井雅楽も失脚する。吉田松陰率いる松下村塾や、久坂玄端などの尊皇攘夷派から、徹底した非難を浴びた。そこに薩摩藩の島津久光の兵を率いての上洛が長州藩を脅かした。

水戸藩が破壊活動、長州藩が事後収拾をする、「成破の盟」を交わした桂小五郎（木戸孝允）は、この雅楽の策を「不審千万なり」と断じている。

文久二（一八六二）年七月、藩内の会議で長州藩は藩論を転回させた。朝廷には忠節、幕府へは信義、祖先には孝道、という藩是三大綱があったが、「朝廷への忠節がもし傷付くようなことあらば、幕府への信頼がかけることもあり、防・長二国も投げうつこともありうる」と決定し、長井雅楽は完全に失脚、断罪された。享年四十五歳。薩摩藩との政治の主導権争いに散った、長州藩随一の切れ者の悲劇であった。

平戸島で西郷吉之助と木戸貫治が、龍馬の斡旋により初めての会見をしてから、薩摩藩と長州藩の間は急速に接近した。木戸は京都で西郷と会談し、さらに詳しい両藩の連合策を練った。

薩摩藩と芸州藩と長州藩との間で、討幕出兵協定が秘密裡にまとまったのは、慶応三（一八六七）年九月の終わりである。

「それにはまず朝廷から長州藩主の罪を許してもらい、討幕の密勅を天皇から賜わることが先決ですぞ」

西郷の上京に合わせて、密かな謀事が京都で公家たちの手で進められ、天皇に対する働きかけが成功した時、徳川幕府の崩壊が早まった。

十月十四日、「長州藩主の罪を許す」という勅が出され、同時に討幕の密勅が、薩摩藩の大久保一蔵、長州藩の広沢兵肋に異例の形式で手渡された。

だが、この日、土佐藩の坂本龍馬が船の中で発案した案を、後藤象二郎がまとめて藩主山内豊信の名前で提出した「大政奉還」論に乗った幕府が、突如として将軍慶喜に「大政奉還」を実行させたのである。このため薩長二藩は討幕の名分を失った。これが薩摩・長州藩の討幕派の、後の武力行使の決定につながってゆく。

龍馬も最初は武力発動もやむを得ないと考えていたが、大政奉還が実現したために不戦論を取り始め、これが薩摩藩の大久保一蔵らには目障りになり始めていた。

徹底的に徳川幕府を武力で叩きつぶし、薩長二藩を中心とした新しい政府を作る野望に燃えている大久保一蔵は、木戸孝允らを巻き込んで、武力討幕に突き進んでいた。それには土佐藩の唱える不戦論は、邪魔な存在となったのである。

（この策は後藤ごときが考え得る策ではない。としたら、坂本龍馬の献策に違いない。このままでは奴の存在は薩摩にとっては大きな壁になるやも知れぬな。乱世では英雄でも、平坦な道には刺となろう）

盟友の西郷さえも平気で見殺しにする、大久保一蔵の冷たい計算が頭をもたげている。

（このまま土州に横槍を入れられたら、時機を失う）

大久保はすぐに後藤象二郎と密かに会談した。

土佐の言う公議政体論は天下の正道ではあるが、要は勝負一決の上でなければ禍根を残すことになる。

長州藩で頭角を現してきていた伊藤俊輔（後の博文）が、橋本八郎（品川弥二郎の変名）に出した手紙もそのあたりの情勢を物語っていよう。

天下の情勢はすでに幕府が倒れたことで、新しい権力闘争の場に変わっていたのである。

（それにはあの坂本龍馬は邪魔になる）

大久保一蔵の頭の中は冷徹であった。

紀州藩激怒

「土佐の芋侍め。この御三家の紀州家をゆするつもりか」

長崎での艦船衝突の話し合いの報告を受けた紀州藩では、重役たちが激怒した。

「聞けば当方の船に理ありというではないか。海援隊とか申す脱藩浪士のゴロツキどもの集まりに言いなりになるとは何事だ」

だが、その頃の長崎での紀州藩と海援隊の評判までは和歌山には聞こえてはいない。紀州藩の長崎での交渉役茂田一次郎が慌てて国元に知らせたのは、長崎での騒然とした雰囲気に押されたためであり、いつの間にか紀州藩側の船の落ち度にすり替えられたからでもあった。長崎の町の雰囲気が紀州藩に不利な様子になっている。

坂本龍馬率いる社中の者どもは、航海の異国の公論を詳しく知り申し、我らの落ち度として反論し申し候。その背後には薩摩、長州、土州を持ち、我らの立場ははなはだしく不利になり申す。長崎奉行所にかけ合いしも、相手にされず、相対にて決めるのが筋と言われ申し候……。

茂田一次郎の書面から難航が予測されているが、未だに徳川御三家の威光を信じている紀伊州藩重役には我慢のできぬことでもあったのだ。

船を沈めたそのつぐないは　金を取らずに国を取る

長崎の町中ではこんな歌が流行し、紀州藩に対する反感が町民に蔓延していた。自由な海外との交易の窓口であった長崎の町人たちは、幕府に対してもあまり良い感情を持ち合わせていないところに、大藩である紀州藩と亀山社中との喧嘩は、小さな亀山社中に応援する気持ちが強かったのである。これを龍馬は上手に利用した。龍馬は社中の者たちに、長崎の町中で噂を流すように仕組んでいたのだ。

これを丸山の料亭で歌われた紀州藩の茂田一次郎は驚いた。

（いかん、これはいかんぞな）

勤皇派、佐幕派と大きく揺れ動いている情勢から、この長崎の土地で、この事件を政治的に利用されてはたまらない。徳川御三家の紀州藩の長崎屋敷が攻撃される恐れさえ生まれ、そのことを長崎町民が期待して応援する側に回ったら、天下に紀州家の恥をさらすことになる、と恐怖を感じ始めた。

(嫌な奴らと揉めたことよの。早く収拾しなければ大変なことになる)

この時点で、事の成否はともかく、すでに情報戦において龍馬側の勝ちであったといえよう。過去の徳川家の栄華に頼っている紀州藩と、「わしゃ、土佐の芋掘りじゃけ」と世の中を巧みに泳いでいる自由人の龍馬との差でもあったのだ。

(しかたない。これは私一存で解決しよう。船の連中は外した話し合いで賠償金を支払って終わりだ。さもなくば紀州藩、ひいては徳川家に傷が付く)

この決断の裏には、長州藩との幕府との戦争がちらついていた。

一度目は確かに幕府が勝ったが、勝った、勝ったと浮かれている江戸派よりも、この長崎の地から眺めた茂田一次郎には、はっきりと佐幕派の衰退と、新しい時代が押し寄せる音が聞こえてもいたのである。すでに長崎奉行所の無力化を目の当りにしても、無頼派の集まりである龍馬一派の力といい、それは全く新しい時代の流れであったからだ。

薩摩藩と長州藩との話し合いが終わって秘密裡に協定ができた、との噂も、それを後押ししている。

(この長崎の町民の活気は、我らの城下町には見られぬ。いずれこの活気は全国に広がってゆくであろう。その時に我々武士の立場はどうなる。彼ら商人どもの風下に立たされるのではあ

ないだろうか。もはや祿米をもらう時代は終わったのかも知れない）

茂田一次郎の胸に恐怖となって広がってゆく。

「これは一筋縄でいかぬ相手じゃ。心して殿のご威光を傷付けるではないぞ。艦長たちにはくれぐれも短慮のないように伝えよ」

使いの者に申し付けると、茂田は大きく息を吸い込んだ。

さらに土佐藩参議の後藤象二郎も交渉役に乗り込んできた。

一寸の虫

伊予大洲藩の家老加藤玄蕃は、早便で届いた文を一読すると、キッと唇を噛み締めた。

「いろは丸の事件は当方で責任もって解決します。それまではしばしのご猶予を、と書いてきよった。紀州藩との交渉には当藩は出られず、薩摩と手を組んでいるとは。坂本龍馬という男、筋が違いはせぬかな。この男、本当に信用できるのか」

大洲藩庁では大騒ぎである。これはすぐに井上勝策の耳にも届いた。

「我が藩にボロ船を四万三千両で買わせておいて、沈没させたあげく、たいした荷物もなかったというに、我が藩には交渉の席にもつかせぬとは、あの男、許せぬぞ」

……坂本龍馬には用心しろ。我らの見たこともない鵺のような化け物じゃ。船を購入したのは当方。高い、安いは商いの内で仕方ないが、時世を勉学せねば、あんな男にしてやられるということじゃ。腹の中は何を考えておるのか分からん男よ。用心せよ……。

切腹した国島六左衛門の言葉が耳の奥に甦っていた。

その頃から大洲藩でも、遅まきながらオランダ式の軍事調練が始まっていた。藩内の若者が長浜に集められ、冨士組の者たちも訓練に加わった。

激しい訓練の終わった夜、勝策は訪れて来た嘉一郎と激しく愛を交わし合った後、華奢な身体を抱きしめながら、思い詰めたように、

「嘉一郎、俺はどうしてもあの坂本という男、許せぬ。このまま大洲藩をこけにするようだと、斬ってくれようと思うがどうじゃ」

「その時は私も一緒に参ります」

「死ぬかも知れぬぞ」

「井上様と一緒なら恐くはありませぬ」

「そうか、一緒に死んでくれるか」

この日の勝策の言葉には思い詰めたものがこもっていた。嘉一郎はそんな勝策にすがりついた。

そんなある日、森井千代之進がやって来た。嘉一郎が来ているのを見ると、笑顔を見せて、自分も少年を同道しているのに気恥ずかしそうにしている。

「豊川も来ていたのか。これは長田休之助じゃ、よろしくな」

森井は勝策と話し始めた。

「我が藩もいよいよ勤皇派で藩論はまとまった。近く京都に殿様も兵を率いて上られるらしいが、長州との間で使者が行き来して忙しくなっているぞ」

「幕府との間はどうする気でしょう。松山藩が知ったら攻めてきますよ」

「いや、その松山藩も揉めているらしい。宇和島藩は伊達侯との繋がりで薩摩と手を組んでいると聞く。どうなるのか、我々にはさっぱりと先が読めぬ」

「私はそんなことよりも、土州の坂本にだまされて切腹した国島様の無念を晴らしたいのですよ。何が何でもあの男だけは許せぬ気持ちです。今回の『いろは丸』沈没事件の処理の結果次第では、私は藩から抜けるつもりです」

「馬鹿なことを考えるな。あの坂本という男、お前の手が届かぬ大物になっていると聞いたぞ。無茶なことは考えるな」

「一寸の虫にも魂はあります。必ず討ってみせますよ」

「先の見えないこの時勢、くれぐれも自重してくれ」

千代之進は念を押して帰って行ったが、

「これは今度のわしの稚児じゃ、よろしくな」

新しく稚児にした美少年の長田休之助を見せに来たらしいことが分かった。

「やれやれ、森井さんも頑張るな」

勝策が嘉一郎の方を見ると、不機嫌な顔だ。森井の稚児が自分より若く美しいことに妬いているようだ。

「お前、何をふくれている。あれは森井さんの稚児じゃないか。俺には関係がない」

「でも羨ましく思っているのでしょう」

「馬鹿なことを言うな。稚児はお前だけでたくさんだ」

涙を浮かべて抱きついてくるのを、勝策はやさしく抱き止めてやる。

「生きるも死ぬも一緒だよ」

「本当に信じてよいのですね」

嘉一郎の乙女のような仕草に、勝策の胸に愛おしさが増していた。

天の章

歪められた和解

艦船衝突を巡る幾度かの話し合いは、「いろは丸」側の手落ちを指摘する紀州藩「明光丸」艦長高柳楠之助の言い分と、坂本龍馬の主張する相手船の落ち度の指摘で激しく争われていたが、紀州藩勘定奉行茂田一次郎が相手になってから、にわかに海援隊側に有利に展開し始めていた。

その背景には長崎町中での町民の声の後押しがあった。自由を満喫している町人たちには、荒くれ男の集まりである海援隊に対する恐怖よりも、封建制度を代表する徳川御三家の紀州家を嫌う風潮が強かったのだ。

「天下の航海法に法《のっと》って、相手が船を沈没させたあと置き去りにした責任を追及すれば、紀州藩といえども言い逃れはできまい。航海日記は丹念に準備しておけ。こちらに不利なことは一切喋ってはならぬ。掛け合い事は大声を出した方が勝ちじゃけな」

龍馬の細い目が光った。

(何が何でも紀州藩から八万両を分捕ってやるぜよ)

「もう一度言っておく。積み荷は銃と米と南京砂糖じゃ、忘れるなよ」

龍馬は山本謙吉に念を押した。その横で、緊張した顔の小谷耕蔵の顔もうなずく。龍馬の眠ったような目が輝く時、その非情さを知り尽くしているからだ。

「後藤さんには後で出ていただく。薩摩の西郷さんにも力を借りるぜ。長崎奉行所にはすでに子細な事故報告書を届けてある。紀州藩の奴らが何を言うてきても、言葉尻をつかまれるなよ。のんべんだらりだらりと返答しておいてくれ。後はわしがやっちゃるけの」

厚い唇には薄い笑いが浮かんでいた。

「これに失敗したら切腹は覚悟じゃ。今までの中で一番の大仕事じゃ」

すでに下関港の後援者の豪商三吉慎吉に、妻のお龍のことを託してきていた。万が一の事態を覚悟してのことでもあった。

「この一件で大名の骨の堅さが分かるきな。この海援隊の初めての戦ぞ。負けるわけにはいかんぜよ」

「戦支度を至急整えますか」

「ああ、いつでも紀州の船に斬り込めるように支度をしておいてくれ。派手にな」

「久しぶりに血が沸きますわい」

各地から集まった脱藩浪士で固める海援隊士らの顔が紅潮していた。

「長崎の町中に海援隊は紀州藩と喧嘩すると言いふらせ。『金を取らずに国を取る』と言いふらせよ。町の者は我らが味方じゃけんの。これで紀州はびびりまくるだけよ」

龍馬は皆の緊張した顔を見回しながら、次々と作戦を授ける。現場の状況では不利な立場だけに、威嚇と横車で賠償金を勝ち取る以外にないと腹を決めていた。

長崎の町の不穏な空気は、紀州藩の「明光丸」の乗組員にも伝わり、茂田一次郎の顔に怯えが見え始めていた。

このため紀州藩では、長崎奉行に急遽事件の和解の仲介を頼み込んだが、時の長崎奉行能勢大隅守頼之は、ちょっと眉をひそめたまま、

「紀州帆船と海援隊の船の衝突事件は、長崎の土地以外で起きたこと、我らには裁く権限がありません。当事者同士で話し合いで解決なされよ」

鼻でくくったような返事で相手にしてはくれない。こじれれば海援隊の浪人たちが町中で乱暴狼藉を働くことを懸念していたのである。この能勢大隅守は日光奉行を勤めた後、慶応二年三月から翌三年十二月までの任期も後わずか。すでに江戸からは後任に目付の徳永石見守昌新の赴任の知らせが来ている。「何もこの時期に面倒は御免」というのが正直な気持ちだ。

紀州藩の長崎屋敷では、沈痛な顔が揃っている。

「今度の交渉はこちらに分が悪い雲行きだな。こちらには万国公論さえも存じた者がおらぬ。あの得体の知れない鵺のような坂本龍馬という男にしてやられたわい」

勘定奉行茂田一次郎は嘆息したが、回りの藩士たちは歯噛みして悔しがった。お家大事の小心さが、奉行の顔から汲み取れる。

「武士の威光も、大藩である紀州家の威光も、あの男にとっては何のおどしにもならぬ。新しい化け物が誕生しているということだな」

「そうだ。全く武家の言い分など聞く耳を持たぬ」

「斬りましょうか」

「斬りたいが、そうもいくまい。薩摩と長州がこの紀州に牙をむくわい。そこまであの男、計算ができている」

「それでは賠償金は支払うのですか」

「やむを得まい。この紀州藩を危機に陥れるわけには参らぬ。武士の世も終わりだな」

大きな溜め息だけで、腕組みをして考え込んでいる茂田の意見に、口を挟む者はいない。血気盛んな「明光丸」の乗組員だけに、悔しさは人一倍であったろう。

「この長崎での噂を知っているか。全てこの紀州の悪口ばかり、情けなくて町を歩けもしない。あやつらの策謀にはまってしまったわい」

大きな溜め息ばかりだ。

「このたびの交渉は、全て私が責任を持って行う。どちらが悪いか、良いかの交渉ではなくなった。早く話をまとめて紀州に引き上げねば、我らの命までもが危ない」

その弱気な心の間隙をつくように、すぐに薩摩藩の五代才助が、伊予松山藩の長崎聞役小林大介の紹介で乗り込んできた。これは茂田一次郎が薩摩藩との仲介役を小林大介に依頼していたが、薩摩藩は好機到来とばかりに、龍馬と打合せの上、五代を乗り込ませたのである。

小林大介は、「この長崎の町で流血の事態を避けたい。密かに仲介の労をとる」と紀州藩の長崎宿舎に手紙を届けている。

「土州の海援隊の様子では、話がまとまらない時には紀州に斬り込む勢い。このままではこの天領長崎が騒乱に巻き込まれます。さすれば親藩の紀州藩といえども大変な落ち度、ただではすみますまい。そこでお申し出の通り、海援隊を押さえるには薩摩藩しかありませぬ。薩摩藩外事係の五代才助様を差し向けますので、何かとよろしく談合なさると良いかと存じます」

この手紙を見ていた茂田一次郎は、五代才助と談合に入った。

さらに、この頃の土佐藩の長崎町中での活動ぶりがその後押しをしている。土佐藩から乗り込んできた後藤象二郎の活躍である。長崎に設置した岩崎弥太郎率いる土佐商会を通じて、武器・弾薬、艦船などを猛烈に購入しだしたのだ。さらに上海まで出掛けて、砲艦までも購入して戻る騒ぎである。これは土佐藩がはっきりと討幕派に転向したことを意味していた。

最早この時勢に至りては為すことなし、土佐一国を賭して国事に尽くし、止むなくんば幕府と戦い、これを破るまでは一国（土佐藩）を焼土となすも嫌わざるべし。然るに時未だ至らず。

これが土佐を出て長崎に向かう時に、後藤象二郎が藩主山内豊信に献言した言葉であった。もはや公武合体では事は収まらないと読んでいたのだ。それに長州、薩摩が主導権を握っている幕府との対抗勢力に、立ち遅れている土佐藩としての焦りが後藤にはあった。

後藤は長崎に来てから一年間で、汽船・武器類を含めて、四十二万六千八百五十一両の途方もない買物をした。この時、後藤は二十五歳の若者。驚くべき権限を与えられている。中でも、艦船の大小七隻購入、三十一万七千九百両はやはり目を引いた。

長崎に来て初めて外国の脅威を見て、幕府を倒す決心を改めて固めたのだ。谷干城《たにたてき》も佐々木高行も、藩の命令で長崎に来たが、すぐに後藤の意見に同調した。

さらにこの頃、長崎では「浦上崩れ」と呼ばれるキリシタンの大量捕縛が行われ、てんやわんやの大騒ぎが起きていた。何百人というキリシタンが捕らえられ、長崎から北松浦郡の御厨《みくりや》村の港に送られ、船で山陰各地の諸藩に預けられることになっていた。毎日のように何十人ものキリシタンが、長崎から日見峠を越え、数珠繋ぎにされて、老若男女、さらに子供までもが警護の武士に囲まれて歩いて去っていったのである。

それを見送る見物人は膨れ上がり、そんな時に海援隊士に暴れ込まれたら、長崎の町は混乱の極みとなると、紀州藩茂田一次郎は生きた心地もしなかった。長崎の町が騒然となればなるほど、紀州藩の長崎屋敷にも色々な流言が飛び込んできている。万一に備えて警護の者を船から下ろして待機させているものの、それでも不安は消えなかった。

（仕方がない、金を支払うことにしよう）

紀州藩勘定奉行茂田一次郎は、薩摩藩五代才助と煮詰めた案を龍馬が呑んだことで、和解案を作成して調印し、五代に手渡した。

証書

一、金八万三千五百弐拾六両九拾八文

三万五千六百三拾両

イロハ丸沈没に付き船代

四万七千八百九拾六両九拾八文
右に付　積荷物等代価
右金高来る十月限り於長崎表、相違なく相渡し可申渡
以上
慶応三年丁卯六月
紀州殿家来　茂田　一次郎　印

「いろは丸」の代価はもともと四万三千両。大洲藩への支払金額を少なくして、積み荷代金四万七千八百両余りはひどすぎる。が、和解案が成立した以上、完全に海援隊側の勝訴であった。

この時点で後藤は大洲藩へ支払う気持ちはなかった。長崎での派手な買物のために、本藩では知らない借金が四十万両と膨れ上がり、土佐商会のやりくりが大変なことになっていたのである。

この和解は紀州藩の国元で大騒ぎになった。さらに長崎でも、この和解案に憤激した紀州藩士が、密かに龍馬暗殺を企てたが、襲撃に向かった二名の者と、龍馬が外出するのが入れ違ったために失敗に終わった。

こんな空気から、紀州藩側は帰国を急いだ。
茂田一次郎たちは「明光丸」で和歌山に帰国したが、当然責任問題が起きてくる。茂田は和歌山帰国後、すぐに藩庁宛てに書類を提出した。

このたび長崎表へ罷り越し候節、海上不慮の難事件を差し起き候品につき、はからずも莫大の御出方にあいなり候のみならず、自然御外聞にもあいかかわり、何とも深く恐れいり奉り候。

右は品により、動乱にも時機にたち至り候につき、静謐を専一にあい心得、やむをえざることと取りはからい候儀にはござ候えども、差しかかり候儀とは申しながら、右体の大事一己にとりはからい候段、不調法と恐れいり奉り、いかがの体の御咎め仰せつけられ候とも、いささかの申し分もござ無く、よろしくご処置なされ下され候よう仕りたく、存じ奉り候。以上

慶応三年丁卯七月五日

この書面を見た藩の重役は、会議を開いて直に茂田一次郎の処分を決定している。
その間、長崎に出張した役人や「明光丸」の艦長高柳楠之助以下の乗組員などから事情を聴

取し、茂田の和解は海援隊隊長坂本龍馬や薩摩藩などの脅迫めいた交渉に屈したものと断定したのである。

一、七月二十日、右の通り仰せ付けられ候事

茂田一次郎

長崎出張中、取扱振りにふつつかの品これあり候につき、御役御免、逼塞仰せつけられ候事。

さらに、紀州藩では軍事方の岩崎韉輔に多数の護衛をつけて長崎に向かわせ、談判のやり直しを命じた。だが長崎では、薩摩の五代才助は上海に出向いていて留守、土佐商会の岩崎弥太郎は当事者ではないと交渉を断わった。

「私は土佐藩開成館貨幣局の出先である土佐商会の責任者で、主人の御手洗商法を勤めております。樟脳、和紙、蠟燭など、土佐藩の商品を長崎で商い、交易によって得た藩の御用金で、諸外国商人と取引いたして、蒸気船、鉄砲、弾薬などの調達をいたすものでございます。海援隊の資金は土佐商会から出してはいますが、船の事件については、何も談判に加わってはおりませぬ。事情も分かりませんので、ご容赦くださいませ」

言葉は丁寧だが、きっぱりとした口調である。これでは岩崎韉輔が取りつくしまもない。海

援隊隊長の龍馬以下の隊士も、留守番の小田小太郎のみがいるだけであった。

意気込んで長崎に乗り込んできたものの、相手が不在では仕方なく、岩崎は国元に状況を知らせた。これを受けた紀州藩では、交渉先を土佐藩に切り替え、上士の三宅精一を京都に派遣。用人の三浦休太郎と打ち合わせ、後藤象二郎との談判をすることにした。

ところが言を左右にして、後藤は話合いに応ずる気配がない。知らせを受けた紀州藩庁では激昂した。

「すぐに岩崎を呼び戻し、茂田は切腹させよ。その上で土佐藩と一戦じゃ」

すぐに長崎へ使者が走ったが、この頃、徳川慶喜将軍の発令した「大政奉還」の伝令が長崎にも伝わり、長崎の町は大騒ぎになってしまった。

もちろん紀州屋敷にもこのことはすぐに伝わる。

「徳川幕府がなくなった。紀州藩はどうなるのか」

国内情勢の急変に動転した紀州藩の岩崎轍輔は、薩摩藩の五代才助と会談し、一万三千両余を値切ることには成功したものの七万両を支払う契約証文を取り交わしてしまった。

しかも、この契約書には「土佐侯御内後藤象二郎殿」となっており、大洲藩の名前はどこにもなかった。賠償金は自動的に土佐藩に入り、大洲藩には入らない。しかも当事者の海援隊隊長坂本龍馬の名前さえも入ってはいない。巧妙に事件の裏側に身を隠したのである。

「ご家老、『いろは丸』の沈没賠償金の件は、薩摩の五代と土佐の坂本が、紀州家との交渉でまとめたそうですが、当藩には何も相談はなかったのですか」

伊代大洲藩の城下町にある家老加藤玄蕃の屋敷に、京都からの使者の手紙を握って駆け込んできたのは、勘定奉行方の長田総兵衛である。

「いや知らぬ。こちらに落ち度はないから船の代価は要求できるが、薩摩藩の持ち船としての交渉が都合が良いから承知してくれ、とは、坂本さんからの手紙にはあった。この弱小の大洲藩では御三家との交渉は弱いと思われてのことと賛成はしておったが、賠償金は当然大洲藩に戻ってくるものだ。坂本さんから何か知らせがあるだろう」

「いえ、あのお金は土佐藩に入ることになったようですよ。土佐藩の後藤殿宛ての契約で、海援隊も当藩も無関係になっているそうです」

「そんな無茶な。その金は我が大洲藩の持ち船の『いろは丸』の沈没賠償金ではないか」

「それが船の代金ではなく、積み荷の賠償金と言い張っております」

それを聞くと加藤玄蕃は顔を曇らせた。

「どこまでも大藩の威光を笠に着るつもりか」

「あの坂本という男、まれに見る策謀家のようです。自分の位置はちゃっかりと本筋から離れて、儲けだけは取るつもりではないでしょうか」

「武士には見当らぬ種類の男よ。恥も外聞もなく走り回る」

「どうしましょう」

「まあ待て、長崎から何か知らせがあるだろう。玉井に使いを出してある」

加藤玄蕃は苦しい顔になっている。長田総兵衛は頭を下げて退出したが、その顔からは怒りと不満が消えていない。長浜の船手組に走ると、事の次第を組頭に説明した。そこには若い藩士たちが武術の鍛錬に集まっている。

「そんな馬鹿なことがあるか。あの船には国島さんの命が乗っているのだぞ。そんな横車を許せるか」

剣と居合いの術を修行している冨士組の若者たちが真っ先にいきり立った。

「坂本を斬るべし」

その頃長崎では、玉井俊次郎が坂本龍馬と五代才助の訪問を受けていた。いろは丸事件が決着したので、というのが二人の目的であった。

「このたびは、尊藩『いろは丸』を沈め、誠に申し訳なく思うております。相手の紀州藩から船の代価、積み荷、水夫、旅人、手回りの品に至るまで、一切の損失分は取り立てますので、どうかご容赦願いたい。償金が紀州藩から支払われた節には、直ちに船の代価は尊藩に支払いいたします」

玉井は今度の交渉事に、大洲藩が蚊帳の外に置かれていたことを立腹していたが、下手に出られては怒るわけにもいかず、条件を提示した。

「我が藩は『いろは丸』での諸国との交易を目論んでおりました。沈没して無き今、新たに艦船を購入すべく算段をいたしております。『いろは丸』の贖金が入るまでは待てません。そこでお願いがあります。土佐藩海援隊にて艦船購入の請人になっていただきたい」

一枚の契約書を差し出して詰め寄った。

「分かりました。請人に相成りましょう」

龍馬は気分良く、その契約書を読み始めている。

「いいでしょう、請人は承諾しました」

置いてあった筆を取り上げ、すらすらと署名した。

内心では、これで大洲藩への賠償金問題は、この一万六千ドルで片がついたと喜んでいた。しかも、これは請人。売買の当事者でもない。払うのは大洲藩だ。痛くもかゆくもない契約書、これでこの件は落着したと、自然と笑みがこぼれる。

覚

一、壱万六千ドル　　　　帆前船一艘代金

内

八千ドル　　　　　　来辰正月納

利六百四拾ドル　卯七月より辰正月まで八ケ月分

〆八千六百四拾ドル

八千ドル　　　　　　同九月納

利六百四拾ドル　辰正月より同九月まで八ケ月分

〆八千六百四拾ドル

右は壱艘、英吉利帆前エリシードプルユーシーシーボルン船、白耳義国士アデリアンより買請代金。

払いかたの儀は、前書の通り相違これあるまじく候。

もっともドルラルあるいは壱分銀にてもその時の市中相場にてあい済み申すべく候。後証のため、よってくだんの如し。

慶応三年卯六月

買主

加藤遠江守内
玉井俊次郎　印

請人
松平土佐守内
土州海援隊長
才谷梅太郎　印

その後、龍馬は後藤象二郎と一緒に上京した。玉井俊次郎は龍馬が署名した契約書を持って、急ぎ「かん丸」で帰国した。藩内の動揺を抑えるために、家老加藤玄蕃の要請があったからだ。もちろん龍馬の腹の中は分かっていない。

その頃、大洲藩では「いろは丸」をなくしたため「かん丸」の使用が頻繁になっていた。財政の逼迫から、交易による立て直しが急務となっていたからだ。今も長浜港には「かん丸」が、長崎への荷物を満載して停泊していた。「いろは丸」が沈没して、ふたたび「かん丸」だけの寂しい港である。

井上勝策は、ここ数日に幾度となく呟いた言葉を、海に向かって思い切り叫んでいた。

「国島さんは何のために死んだのか。犬死にだけにはさせませんからね」

勝策と豊川嘉一郎が長浜の船手屋敷から消えたのは、「かん丸」が長崎に向けて出港した翌日であった。誰にも告げず、二人は夜中に松山への道を、提灯も下げずに歩いて消えた。いや、ただ一人、長崎から帰国していた玉井俊次郎だけは、近頃の勝策の態度から感じ取り、こう声をかけていた。

「お前たちは国島様の仇討ちで、才谷梅太郎を斬るつもりだろう。止めとけ、とは言わぬが、相手はあれだけの大物だ。藩に迷惑のかからぬようにやれ。それには京しか場所はない。脱藩してもやるというなら見逃してやる。路銀も用意してやる。絶対に成功すると確信できた時しか実行するな」

勝策は何も言わずにその目を見返した。

「才谷梅太郎こと坂本龍馬は大洲藩にとっては仇も同然です」

やがてぽつりと、勝策の口から言葉が漏れた。

玉井は厳しい目で諫めていたが、勝策の一途な目の色を見て、諦めたように懐から包みを出して置いた。

「藩に迷惑はかけないつもりです」

勝策は頭を下げて受け取った。後で包みを開けると、二十両の金が入っていた。

勝策と嘉一郎の失踪を大洲藩の者が気付いたのは、それから数日後のことで、船手組では大

騒ぎになったが、その報告を受けた家老の加藤玄蕃は、

「騒ぐな。あれらも国島の件で落ち込んでいた。そっとしておいてやれ」

二人の下級侍の失踪で騒ぐことよりも、大洲藩内外に難問が山積していた。まずは京都から、京都御所警備の任務が命じられた。すぐに藩主加藤泰秋は上京の準備にかかっている。

てんやわんやの騒ぎの中に二人は消え、家老大橋播磨は家臣たちを制した。

「捨てて置け。この非常時に騒ぎは起こすな」

この一言で二人の脱藩騒ぎは治まった。だが、森井千代之進だけは、

「あの男たち、ひょっとして、京の都に上ったのかも知れぬ」

その後に続こうとした、「坂本龍馬を斬りに」という言葉は声に出せなかった。いつか玉井に耳打ちされたことを思い出したからだ。

「井上勝策は、長崎で坂本龍馬と薩摩の五代才助を斬ろうとしたことがある。あの男は直情だから、頭に血が上ったら何をするか分からん。日頃から注意して見ておいてやれ。無茶をされると、個人の恨みではすまなくなり、大洲藩に迷惑がかかるからな」

そんな言葉が脳裏に甦っていたが、藩を脱した勝策と嘉一郎を応援してやりたい気持ちも強かった。

（無茶するなよ。犬死にだけはするなよ。俺に相談したら一緒に脱藩したのに）

二人で京の都を目指しているであろう、友の寂しさを思い、涙さえ浮かんでいた。

（坂本龍馬の首を取っちゃるけんの。一寸の虫の意地を見せちゃるけんの）

その熱い一念が、夏の暑い中、山陽道に足を進める勝策と嘉一郎の足を軽くしていた。それでも衣服は汚れ、顔は汗で黒ずんでいる。京の都に入った二人は、八坂神社のそばにある竹屋という小さな木賃宿に宿をとった。しばらくは京の都の様子を知ることから始めようと思っていたからだ。

「嘉一郎、今日から名前を変えよう。本名では万が一の時に藩に迷惑がかかる」

「どんな名前を名乗りますか」

「私が色葉鉄之進、お前は丸田六兵衛と名乗ることにする」

「『いろは丸』から取ったのですか。これは愉快な名前だ」

「お前の『六兵衛』は、国島様の恩義を忘れまいぞという意味もある」

その言葉に恨めしそうな顔を見せる嘉一郎に、

「お前と二人で国島様を裏切った苦しみは受け止めてゆこう。お前一人を苦しめはしないよ。安心しろ」

狭い部屋の中、京都に入ってから初めて、華奢な嘉一郎の体を抱き寄せて囁いた。

「井上様、この命、貴男に捧げます。必ず坂本の首は取りましょう」

赤い唇が寄ってくるのに、勝策は嘉一郎の着物の前を広げ、赤い乳首に吸い付いた。唇が合わされた時、奇妙な高ぶりの中に、嘉一郎の唇が、太陽にさらされて歩き続けた道中の苦労からか、ひび割れているのに、勝策の胸に愛しさが募ってくる。薄い夜衣の寒さも感じないほど、二人は闇の中で濃密な時を重ねて狂っていた。

翌日から、勝策は京都の町を出歩いた。

（ここも長崎と同じで、大洲の町とは随分違っている）

全国から集まった浪人、軒を並べた商人、夜には華やかな着物姿の芸者衆。耳に聞こえるのは、しんなりとした京言葉。たぎったような異様な活気が溢れている。

初めての長旅で嘉一郎は風邪を引いて寝込んでしまい、京都町中の探索は勝策一人で出回ることが多くなっている。夏も過ぎ、盆地にある京都の夜は冷え込む。激しく走り回る新撰組の、白黒のだんだら模様の異様な衣装姿の男たちの目は血走って、血の臭いが身体中から発散している。その殺気だった姿を、勝策は食い入るような目で見ていた。

そんなある日、勝策は街角で奇妙な立て札が目に付き、足を止めた。

「御陵衛士大募集」

と墨書された新しい木の札には、「天朝を守るために腕の立つ者を募る」との趣意が書いてあり、身分、出身を問わないとも添え書きがしてあった。募集人は伊東甲子太郎《かしたろう》となっている。

（ははあ、新撰組を脱退して、薩摩藩の肝煎りで天皇御所護衛の役目をもらったと噂の男だな）

すぐに勝策は指定された場所に出向くと、玄関に応対に出た武士が、若い勝策の全身を眺めながら、

「おいおい、ここは天子様をお守りする御陵衛士隊の本部だぞ。腕に自慢の者しか採用はしていない。大丈夫か」

「何なら試してみましょうか。貴方の腕がなくなりますよ」

「何、貴様、わしを愚弄するのか」

玄関ににわかに殺気がみなぎった。

「待て、待て、何を騒いでいる」

奥から長身の大きな男が止めに入った。着ている着物からして、この男が隊長の伊東甲子太郎らしいと、勝策は見当をつけた。

「この男、張り紙を見て隊士応募に来たと言うてます」

「おう、そうですか。どうぞ中にお入りください。今は一人の同志でも欲しい時、失礼をし

ましたな」

中に招き入れられ、隊長直々に自分の部屋であろう八畳ほどの広い部屋に通された。火鉢に鉄瓶がかけられ、湯がシャンシャンと音を立てて沸騰している。

「まずはお名前から承ろうか」

「はい、伊予大洲藩を脱退した浪士で、色葉鉄之進でございます」

「伊予大洲藩からの脱藩ですか。理由は聞きますまい。どうせ名前も本名ではございますまい。人にはそれぞれ聞かれたくない訳がござろうからな」

その時は簡単な手続きだけで終った。

「もう一人、同じ脱藩者の同志がおります。一緒に採用をお願いします」

「ああ、結構ですよ。同志は多いほうが良い。すぐにお連れください。宿舎も用意してあげよう。まあ、当分はのんびりと疲れを癒しなさい」

親切な言葉に、勝策は深々と頭を下げていた。

すぐに宿に帰ると、勝策は嘉一郎に事情を話し、御陵衛士隊に入隊を決めた。

「隊の中ではお前は丸太六兵衛だ。前の名前は捨てるのだぞ。俺は色葉鉄之進、忘れるなよ。坂本龍馬のことは『鵺』としか言わぬこととする。悲願達成までの辛抱だぞ」

「はい、今夜は存分に可愛がってくださいね」

外には京都の強い風が舞い上がっていたが、その夜、二人の部屋は生暖かい空気で満たされていた。白い裸身がもつれあいながら、性愛の官能の声が重なり合って、明け方まで続いたのである。

入隊の日、二人は隊長の伊東の部屋で挨拶した。

「色葉君たちは大洲藩を脱藩したと聞いたが、何の目的でこの洛中に来たのかね。私の隊に入りたくて来たのではあるまい」

伊東の声は穏やかだが、鋭いのは修羅場を数多く踏んでいるためだろう。

「私はただ坂本龍馬という鵺を退治したいだけです」

その言葉に、伊東の目が光った。

「それはそれは、坂本龍馬といえば、まだ新撰組さえも斬れない大物ですぞ」

「私は仇を討ちたいだけです。世の中のことは田舎者ゆえ分かりませんが、我らの受けた屈辱は晴らさねば、いろは丸事件の無念は晴れません」

「何か深い事情があるようだが、私が聞いても仕方がない。とにかく探索の手伝いくらいはできようから、しばらくは本隊で暮らしなさい」

その目はひたと勝策と嘉一郎をとらえて離れなかった。

「ところで、腕の方はどうかね。自信はありますか」

「二人とも抜刀術には皆伝をいただいております」

「抜刀とは、狭い部屋で役に立ちますね」

すると嘉一郎は、つと立ち上がり、蠟燭台の前に片膝をついて、無造作に刀を引き寄せて払った。いつ抜かれたのか、鞘に収まる刀の音が響いた時、斜めに斬られた蠟燭がポトリと落ちて、伊東の膝の所まで転がった。

「見事じゃ、いや、見事じゃ。これなら我らの立派な同志だ」

そこまで言うと、隊士たちの部屋に連れて行った。

「こちらは色葉鉄之進君と丸太六兵衛君だ。新しい仲間となった。伊予大洲藩からの脱藩者だ。皆で仲良くやってくれ。隊長補佐の服部君、よろしく頼む」

「服部武雄です。よろしく」

「服部君は京洛随一の一刀流の使い手といわれている。何かと教えてもらいなさい」

伊東は目を細めている。

「こちらは渡辺一太郎君、桑名藩士だ。といっても、ここにばかりいて藩邸には帰らないが、洛中のことは詳しいよ」

伊東は紹介しながら、勝策の刀に目を向けた。

「この蠟色の鞘は伊予の特産かな。確か新撰組の伊予出身の原田佐之助も同じ鞘を使っていたな」

「はい、これは伊予独特の鞘です」

それには答えず、伊東は消えた。その日から、二人は御陵衛士隊に組み入れられ、隊士の宿舎に住み込んだ。二人は肩を寄せ合うように、外出も控え、ひっそりとして暮らした。

「お前さんたちは影のようじゃな。少しは遊びも覚えたらどうじゃ」

服部武雄にからかわれても、二人はにやりと笑うだけであった。そんな二人を気味悪く思ったのか、隊士たちもあまりからかわなくなった。

船中八策

慶応三年八月九日、玄界灘は穏やかな波で、汽船の走る跡が白く静かに尾を引いて光っていた。その船の中、坂本龍馬は閉じこもって考え込んでいた。いろは丸事件で勝って意気の上がる龍馬に、京都に一緒に上る後藤象二郎がこっそりと頼み込んだ策を練っていたのだ。長崎から乗り込んだ船は土佐藩の汽船「夕顔丸」であった。

「坂本さん、こんな時世だ。異国から学んだ、武士の目ではない新しい時世救済策を記してはくれまいか。時代は動いておる。自由な目で見た、これからの日本に必要と思われることを教えてもらいたい。思いついたことなら、どんなことでも良いのですよ」

後藤の目が落着きなく動いていた。すでに天下の討幕の主導権が長州藩と薩摩藩に奪われた今、この龍馬の知識を借りて、新しい政府を作る基本要領を土佐藩で示さねば、今後の藩の立場が弱くなることを承知した目でもあった。

「海援隊の隊長坂本さんは甲板に出てこないが、何をしてなさる」

紀州藩との掛け合いに勝ち、薩摩藩と長州藩との同盟を成し遂げた坂本龍馬は、今では土佐藩の英雄であった。その英雄と一緒に乗っているということは、「夕顔丸」の乗組員にも自慢のことであった。ふらりと甲板に身体を見せたのは、色の黒い薩摩藩の五代才助である。甲板にいた水夫が慌てて頭を下げ、龍馬のことを尋ねられるのに、

「何やら書き物をなさっておられます」

それには五代才助、何も答えずに遠くを見ている。

（坂本さんは不思議な人よ。平気で人をだましたりするが、いつも何か別の世界のことを考えていなさる。あの人を分かってあげられる人は少ないじゃろうな）

声にならない声で呟いた。

「おい、これができたら、後藤さんに届けてお見せしてくれ」

坂本龍馬はそばにいる書記役の山本謙吉に半紙を差し出した。そこには墨の跡も鮮やかに、

癖のある字が踊っている。

新国策のこと
一、天下の政権を朝廷に奉還せしめ、政令宜しく朝廷より出つべきこと
一、上下議政所を設け、議員を置きて万機を参賀せしめ、公議に決すべきこと
一、有材の公卿、及び、天下の人材を顧問に備え、官爵を賜ひ、宜しくは従来有名無実の官を除くべきこと

そこまで書いて筆が進まないらしく、顔に陰りが見えた。しばらく考え込んだ末、顔を上げると、さらに書き進めた。
楠本小南から学んだこと、勝海舟から教えられたこと、さらに長崎で亀山の寺で暮らしていた頃、諸外国の外交官や商人たちから学んだことに、諸外国の優れたところ、我が国に取り入れなければならない必要なことを書き始めた。特にイギリス人パークスの片腕として活躍したアーネスト・サトウから聞いた、外国の議会政治の知識を織り込んでいた。

一、外国との交際を議定すること

一、海軍、陸軍局の設置のこと
一、親兵のこと
一、皇国の金銀物価を外国と平均せしめること

龍馬はここまで書いて満足そうな笑みを浮かべた。

（よし、ここまでがわしの考えじゃけ。後は政治をする者が考えてまとめれば良い。後藤さんや西郷さん、木戸さんたちの仕事じゃけな）

「ほい、できたぜよ。持って行けよ」

その紙を受け取った山本謙吉は、奥の部屋で船酔いのために休んでいる後藤象二郎に見せるため立ち上がった。

すでに船は瀬戸内海の穏やかな海に入ったようで、あまり揺れも感じない。眠っていたのを起こされて、後藤は不機嫌な顔で戸を開け、山本の手にある書類を受け取ったが、目を通すとすぐに顔色が変わった。

「これは坂本先生がしたためた物です。後藤先生に渡してくれと」

「これを誰か外の者に見せたかね」

「いえ、今書き上がったばかりの物です」

「そうか、そうか、それはご苦労様だね」

そう言うとすぐに戸を閉めてしまった。

この時の龍馬の文章が、後に後藤象二郎の建白書として有名になった「大政奉還策」の原文であり、後藤象二郎はこれを自分の発案として幕府に建白した。

慶応三年十月初め、後藤はまず土佐藩主山内容堂に、書き直した新国策を提出して、これを幕府宛てに上申することの承認を受けた。すぐに土佐藩主名で老中板倉伊賀守を通じて、将軍慶喜へ「大政奉還」を進言。徳川慶喜はこの建白書を読み、すぐに決断し、各藩の主だった者を招集したのだ。

十月十三日、二条城へ集められた各藩の者五十名の中に、もちろん後藤の姿もあった。その日、徳川慶喜は「大政奉還」の決意を皆に発布し、終わった後、別室に薩摩藩の小松帯刀、安芸藩の辻将曹、土佐藩の福岡藤吉と後藤象二郎の四人だけが呼ばれて、初めて陪臣への将軍謁見が行われたのだ。最初で最後の陪臣への謁見であった。その時立ち会った桑名藩主松平定啓は、この時の後藤の様子を皮肉な目で見ている。

「土州の後藤象二郎は将軍から声をかけられると、進退度を失い、非常なる大汗にまみれおり候。平素の豪放ぶりはいずこかに無くすべし」

坂本龍馬の「船中八策」を横取りして、あたかも自分が考え出したことにしての建白書が、天下の大事を決定する栄誉を担ったのだから、大汗をかくのは当然であったろう。

だが、この栄誉はさらに続き、後藤は藩主山内容堂から大加増の沙汰を受けている。当時、後藤の禄高は百五十石の知行しかなかった。これを七百石に増禄し、土佐藩の執政に任命した上で、役目料として八百石を与えたのである。一度に一千五百石の大身に出世した。もはや、大政奉還策は龍馬の発案であるとは、後藤は口が裂けても言えなくなったのである。悔しがったのは、このことを知っている海援隊書記の山本謙吉たちであったが、龍馬はなぜか堅く口止めをしている。

だが後藤にしてみれば、いつ龍馬がこのことを暴露するか、生きた心地がしなかったに違いない。これが龍馬の悲劇の引き金にもなったといえよう。

しかし、龍馬は後藤のことを心から信用していた。姉乙女への手紙には、「後藤は実に同志にて、人の魂も志も土佐国中で外にあるまいと存じ候」と書き送っているほどであった。

愁の章

飢えた獣

部屋には、小さな行灯の光しか点っていない。

頭を寄せ合うようにして話しているのは、伊東甲子太郎と大久保一蔵。伏見の川端にある川魚料理屋の一室で、余人は遠ざけてある。二人の密談は半刻（一時間）も続き、すでに出された料理も冷めていた。

「坂本は何としても消せ。これからの新政府には邪魔になる」

「しかし、あの男、土佐藩の後藤さんが後ろ盾になっていますよ」

「いや、その後藤さんからも内密で許しを得てある」

「まさか、後藤さんがですか。土佐藩の総意ということですか」

「いや、そうではあるまい。後藤個人の私怨よ。欲のためかも知れぬ」

「では、なぜ」

「私とは坂本を消す意味が違っている」

「は、さっぱりと」

「後藤さんは、あの男が知りすぎていることが邪魔なのじゃ。先に後藤さんが幕府に建白した意見は、実は坂本龍馬が作成して、それを横取りしたものだ。この事実を知っているのは、三人とはいまいの。それが暴露されてみよ、後藤さんはどうなる。爆弾を自藩の中に抱えているようなものだ。さらに長崎で後藤さんは大穴を開けた。金子四十万両と、私の調べでは出ている。その穴埋めには海援隊の資産を横取りする気だな。伊予大洲藩の持船『いろは丸』の沈没賠償金七万両も、紀州藩から後藤さんは受け取ったが、大洲藩には一銭も渡してはいない。全て後藤さんが受け取って、土佐商会に入ったといわれている。それも坂本はいずれ海援隊に返してもらえると思っているが、私は後藤さんは返さないつもりだと見ている。坂本が消えてくれれば、全ての汚点がどうやらうやむやになり、後藤さんは安心して新政府の中心に座っていられる。そうは私がさせないが」

「そんな勝手な。卑劣な男ですな、後藤という奴は」

伊東の口調に憤慨がみえる。

「いや、いつの時代にでも出てくる男よ。私が坂本を消す理由は違っている。あの男は新しい政府の中に納まりきらぬ。あの男のように自由奔放に動かれてみよ。全国の不平分子があの男の元に集まり、一大勢力となってしまおう。それでは困る。危険な芽は早く摘み取ってしまうに限る。それにあの男は薩摩と土佐とを同盟させた。坂本が出した新しい政府案の内容は、昔のままの幕府の勢力を尊重している。それでは困る。ここで一気に維新を敢行するには、薩摩と長州の武力で、反対派を一掃せねば意味がない。それを坂本は反対している。穏便な改革などあるわけがない。ここで一気に旧幕府勢力を叩き潰さねばならんのだ。それにはあの男は危険な存在だ。分かるか、日本の維新のためにならぬ男よ」

大久保一蔵の目は冷たい。

すでに討幕の密勅は得てあった。だが、これも後藤には教えていない。同盟を結んだ土佐藩にも教えず、大久保の思案はひたすら武力による王政復古への道を突き進んでいた。龍馬の言うような列侯会議による平和維新などは、彼の目には変節としか映っていない。

幕府としては、内外から押し寄せる政治的な危機を乗り切るために、独裁政権を大政奉還という形で投げ出し、天皇を象徴として頭に飾り、諸藩の実力者の合議による連合国家を作れば、将軍慶喜は政府の代表として座れると踏んでのことであった。責任は全て列侯会議が背負い、実権だけは握れる。さらに膨大な領土も安泰である。皆が同じ会議に加われば、打倒徳川幕府の名分さえなくなってしまう。将軍慶喜の大政奉還の策謀は深慮なところにあった。

だが、大久保や岩倉具視《ともみ》はこれを見抜いていた。龍馬はこの列侯会議の成立に熱心であり、武力解決には反対を唱え始めていた。だから大久保は龍馬にも伊東にもこの秘事は喋るわけにはいかなかった。龍馬が後藤や土佐藩主にこのことを上申したならば、山内容堂はもちろんのこと、中間派と目される松平春嶽や徳川慶勝などの大物が列侯会議を拒否し、京阪神に滞在している将軍慶喜をはじめとする佐幕派の大軍が、京都にいる長州藩や薩摩藩の軍に牙をむいてかかってくるのは目に見えていたからである。

そうなると、いくら精鋭を集めた薩摩・長州の連合軍でも潰滅する可能性があった。岩倉具視、三条実美《さねとみ》、大久保一蔵、西郷隆盛、木戸孝允などの反幕府派の指導者は、間違いなく処刑されて殺されることは明白で、大久保はそのあたりを恐れていたのである。

（平和革命では禍根を残す。武力で政権を握らないと、本当の権力は取れない）

それには龍馬の動きが一番危険なものとして見えている。ただ、龍馬本人にはこんな政治の動きは見えていなかった。だから動き回っていたのだが、実力者の松平春嶽や大久保一翁、山内容堂などに信頼されているだけに、その動きが次第に危険な存在になっていた。

（坂本龍馬には消えてもらう方が危険がなくなる）

京都の討幕派公家の岩倉具視からも、大久保には密かな便りが届いていた。

「でも薩摩でも西郷様が後押しとか、大丈夫ですか」

「それじゃ。だから急がねばならぬ。吉之助と坂本は仲が良い。あの二人に組まれたら坂本を消すことができぬ。仕掛けはこちらの存在さえ悟られてはならぬぞ」

「それは新撰組の仕業と思わせます。それには誠に最適な獣を飼うておりますので」

「ほう、もう用意しているのか。用意のよかことだな」

「はい。坂本を狙って伊予大洲藩を脱藩した若者二人、何でも上司の仇とか。腕は戸田流抜刀術で保証付きです」

「伊予大洲藩ならば都合が良か。いろは丸沈没事件でも恨みがあろうからな。それでもう一工夫せねばなるまい。いろは丸事件で思い出したが、坂本にこけにされた紀州の用人三浦休太郎も京都に参っているはず。これも使えるな。すぐに後藤さんに会ってもらおう。貴殿への褒美はたんまりせしめてやる」

伊東は話をしながら、背筋が寒くなっていた。大久保は薩摩藩の京都屋敷に座っていながら、こんな情報をどうやって集めたのであろう。改めて薩摩藩の情報網の凄さに驚いていた。

「その二匹の獣に、『いろは丸』の賠償金が大洲藩に一銭も入っていないことを教えてやるが良いな。坂本に対する憎悪をかき立ててやれば、臆する気持ちが奮い立とう。これは大事なことだぞ。君は上手に獣の気持ちを煽り立てねばならぬな」

「は、そのようにいたします」

「すぐに小道具も用意いたせ。まずは新撰組が出入りしている料亭の下駄、現場に残しておく伊予特産の刀の鞘などが良かろう。新撰組随一の剣の使い手原田佐之助は、たしか伊予松山藩の出のはず。準備はおさおさ怠るなよ」

伊東は本当に寒気がしてきた。

「これから後藤さんに会って参ろう。坂本がどこに潜んでいるか知らねばならぬからな。分かったらすぐに知らせてもらう手筈を整えておこう。仕損じるなよ。必ず消せ」

（万一しくじった時は、その方の命をもらう）

そう釘を刺されたようで、伊東は冷や汗が背中を伝って流れ落ちるのを感じた。

「私は一度薩摩に帰国して、戦の準備をしてから、すぐに京に戻ってくる。その日が決行の日だ。それまでにしっかりと準備しておけ」

「ははあ」

自分よりも若い大久保一蔵の姿が、巌のようにそびえ立つのを覚えていた。

新撰組を脱退して薩摩屋敷の庇護を受け、この大久保の後押しで御陵衛士隊を組織したのも、このような時に利用されるためではなかったのか、そんな気さえしてきていた。

（ここは言葉に従って坂本暗殺を実行した方が良いな）

伊東は自らの身の安全を考えていた。

大久保はすっと部屋から出て行ったが、部屋の空気はますます冷えている。

（恐ろしい人だ。朋友でも平気で殺せる人だ）

平伏したまま、伊東甲子太郎の豪気そうに見える身体が小刻みに震えていた。

襲撃

「色葉君、君の藩には『いろは丸』の賠償金は一銭も入っていないぞ」

ある日、勝策は伊東甲子太郎の部屋に呼ばれ、そう告げられた。

「何ですと、あの賠償金はどこに消えたのですか」

「もちろん、土佐藩じゃ。坂本と後藤象二郎が仕組んだことであろうよ」

「汚いことをしやがる。鵺め、今に見ておれ」

「落ち着け、坂本の居場所は今に調べて教えてやる。それまでは慎重にな」

「はっ、有難うございます。よろしくお願いします」

勝策の気持ちに火が付いた。

(国島さんを犬死ににさせはしない。待っていてください)

部屋に戻ると、白い木で作った国島六左衛門の位牌に、手を合わせて祈った。嘉一郎も横に座って手を合わせ祈っている。

慶応三（一八六七）年十一月十五日（陽暦では十二月十日にあたる）、寒さの厳しい京都でも、その日は格別に冷え込んでいた。この日だけでなく、ここ数日は冷え込みが続き、町に風邪が流行して、咳き込む声が、町中からあちこちで聞こえていた。

京の河原町三条下ル蛸薬師にある近江屋新助方に寄宿していた龍馬も、風邪をひいて苦しんでいた。どうにか熱は下がったが、咳は止まっていない。そのために隠れていた土蔵から母屋の二階の奥座敷に移っていた。

近江屋では土蔵の中に居室を作り、龍馬を匿っていたが、万が一襲撃を受けた場合にも、裏の誓願寺に逃げ込める抜け穴まで作って用心していた。

「あちこちの刺客が坂本を狙っているから用心してくれ」

土佐藩からも薩摩屋敷からもそう知らせが来ていたからである。

佐幕派からも勤皇派からも狙われる危険な大物として、血に飢えた浪士たちは龍馬を狙っていた。売名行為的な面もあったのだ。

その日、龍馬は近くにいる福岡藤次の妾かよ（十六歳）を尋ねている。

「福岡さんは在宅かな」

「いえ、出掛けております。昼過ぎには戻ると言うてましたが」

さらに午後、もう一度訪ねた。

「福岡さんがお留守なら、かよさん、一緒に食事でもしようか。近江屋まで行きましょうよ。何か美味いものでも食べさせてあげよう」

かよは行こうとしたが、福岡藤次からかよの身の回りの世話を言いつけられている和田伝助が引き留めた。

「旦那様の留守中、他の男の方との食事は困ります。おやめください」

上士である福岡藤次の女が下士の者と食事するなど、伝助には我慢のならないこととして映ったようだ。その言葉でかよは断わった。

だが、この後、伝助は後藤象二郎のいる土佐藩屋敷に走り込んで、龍馬が近江屋に在宅していることを知らせた。

後藤はそれを聞くと、すぐに使いの者に書状を持たせ、御陵衛士隊宿舎の伊東甲子太郎の元に届けさせた。

伊東の動きも速かった。服部武雄を呼び寄せると、風呂敷に包んだ物を持たせて、河原町の外れにある木賃宿に潜んでいる色葉鉄之進と丸田六兵衛の元に走らせた。

すでに日暮れ時、風は冷たく、粉雪まじりの道を、服部武雄は汗を首筋に浮かばせて走った。その途中、確認のため福岡藤次の妾かよの所に立ち寄り、坂本龍馬が来ていないか伝助に聞いたが、伝助は小さな声で、

「いえ、坂本様は風邪で近江屋の二階に伏せています。今夜は間違いなく在宅です」

と答え、服部は満足したように木賃宿に向かったのだ。

部屋に入ると、二人の青年は火鉢のそばで渋茶を飲んでいた。その部屋も寒い。

「一昨日、紀州藩は賠償金を土佐藩の後藤象二郎殿に支払ったと聞いた。大洲藩には一銭たりとも入っていないらしい」

と服部は話しかけた。

「やはりそうでしたか。やはり鵺は退治しなければなりませんね」

「我らの手で始末いたします」

二人の若者の顔が引きつっている。

「今夜、坂本龍馬は近江屋に風邪で伏せているぞ」

と服部が言うと、

「はい、存じております。福岡の女の所で先ほど確認して参りました」

と鉄之進が答えた。そして、

「鵺の顔は私しか知りません。鵺退治は私がやります。六兵衛は同室している者を斬ってくれ。服部様は外で駆けつけてきた者への対処方をお願いします」

ときっぱりと言うと、鉄之進は、言葉を続け、

「名前は使ってはならぬ。それぞれが何かの暗号名で呼ぶことにしよう。私が鉄、六兵衛は六、服部様は鳥、でお願いします」

「いよいよですね。必ず討ち取りましょうぞ」

緊張のために顔色が蒼い丸田六兵衛がうなずく。

「よし、それで良い。これは終わった後、現場に残してくる証拠の品じゃ。我らの仕業と悟らせぬためには新撰組の仕業と思わせねばならぬからな」

服部は、料理屋「瓢亭」の焼き印のある下駄と、伊予特産の蠟色の刀の鞘を置いた。

「こんな物まで用意してあるのですか。我々は命など惜しくないのですが」

「お主たちの命を心配しているのではない。お主たちを応援したお人に迷惑がかかってはならぬからじゃ。心得違いするな」

鉄之進は以前長崎で味わったような不愉快な気持ちが生まれるのを覚えた。

(また誰か我らの気持ちを利用しようとする者が背後にいるのか)

それでもそのことを口にするのがためらわれた。

細かい打合せが終わったのは、それから半刻（一時間）後であった。

「日が暮れたら迎えに参る」

服部武雄は帰って行った。

「よいか、命を取るのは鵜だけだ。他の者には止《とど》めは刺すなよ」

自分に言い聞かせるかのように、勝策は嘉一郎に念を押した。

「はい」

「これで我らも国島様に顔向けができるの」

勝策が華奢な嘉一郎の身体を抱き寄せると、小刻みに震えてすがりついてきた。

「恐いのか」

「いえ、ようやくの念願、嬉しく思います」

死ぬかも知れぬ恐怖もあったが、ようやくこれで幕が引けるという安堵の気持ちが強かった。

「死ぬなよ。生きて諸国を巡ろうぞ」

「勝策様と一緒に諸国を巡るのですね。嬉しい」

赤い唇が迫ってくるのに力一杯抱き寄せて、勝策の唇が合わさった。


その頃、近江屋の龍馬の元を中岡慎太郎が訪ねた。別に約束があったわけではなかったが、土佐藩士宮川助五郎が会津藩から土佐藩に引き渡されるために、打合せのために福岡藤次を訪ねたが留守で、仕方なく谷干城の宿舎を訪れ、ここも留守。そこで近くにある近江屋の龍馬を訪ねてきたのである。二人が会えば、積もる話は山ほどあった。

その夜は細い新月が京の町を照らしていた。中岡は近江屋を訪ねるとすぐに、いつも走り使いを頼んでいる「菊屋」の峰吉という少年に、「薩摩屋」に手紙を託した。いつも親しくしている商人であった。

「別に急ぐものでもないが、まあ走ってくれよ」

小使の銀粒を握らせている。

その後、下男の藤吉に案内させて二階に上がり、奥の座敷で龍馬と話し込んだのだ。

二階は東西に四室が連なり、階段を上がった所が表の八畳間、次が六畳、さらに六畳間があり、その奥が龍馬がいる八畳間であった。

龍馬は北側の床の間を背にして座り、火鉢と行灯を間に挟んで慎太郎が座った。龍馬の愛刀「陸奥守吉行」は床の間の刀掛けに置いてあった。

さらに遅れて、通りかかった土佐藩の岡本健三郎が、ふらりと近江屋に入ってきて、中岡慎太郎もいることを知ると、

「海と陸のお偉い方が揃っているなら、挨拶ぐらいはしとかないとな」

と戯《ざ》れ言を言いながら二階に上がって行った。この岡本と龍馬は越前藩に同行した仲でもあった。

「おい、腹が減ったな。久しぶりに軍鶏《しゃも》鍋でもするか」

「峰吉が戻ってきたら買いに走らせよう」

そういえば風邪のために、ここのところ満足に物を食べていないことに龍馬は気付いたのだ。

帰って来た峰吉に、四条大橋にある軍鶏屋までの用事を頼んだ。

「健三、お前も一緒に食べて行け」

「いや、私は野暮用がありますので、峰吉と一緒に出ます」

「また薬屋の娘の所か」

中岡の言葉に岡本は赤くなって頭をかいた。近くの四条下ルにある薬屋「亀田屋」のお高と恋仲になって、ちょいちょいと通っていることを、土佐藩の者は知っていたからだ。

このお高は評判の美人で、洛中の浪士たちも噂していた。

「あまり美人と付き合うと吝気《りんき》されるな」

律儀な中岡を盗み見ながら、龍馬も軽口を叩いて送り出した。

下働きの藤吉が、「お使いならわしが行こうか」と峰吉に声をかけたが、峰吉は首を振ると表に走り去った。

その足音が聞こえなくなった頃、玄関から二人の侍が入ってきた。

「ごめん、どなたかおられますか」

「誰じゃ」

二階の板の間で竹楊枝を削っていた藤吉が顔を階下に向けると、汚れた着物の武士が階下の土間に立っている。藤吉は竹の削りかすを払い落としながら階段を下りた。力士上がりだけに大男で、階段がぎしぎしと鳴る。

外の闇に、風で提灯が揺れているのか、土間に光が揺れている。

「ここに才谷先生がご在宅と聞いてお伺いいたしました。十津川郷の者ですが、お取り次ぎお願いいたします」

手にした名刺を差し出す。最近になって京都で流行している、紙に自分の藩名と名前が書いてある手札だ。

それを聞いて藤吉は安心した顔になった。土佐藩士と十津川郷士とは縁が深いことを知っていたからだ。特に中岡慎太郎が懇意にしていることも知っていた。この時、中岡が来ていたことが、さらなる油断になっている。

藤吉は名刺を持って背を向けた。すると嘉一郎は藤吉の目に触れぬように、懐からそっと「瓢亭」の下駄を出して土間に置いた。

「よいか、最初の一撃だぞ」

勝策は嘉一郎の耳に囁く。嘉一郎は緊張したように、小さくうなずいた。

名刺を手にした藤吉がその巨体を階段に消した時、龍馬は二階にいると判断した勝策は、嘉一郎を促して、外の服部に合図して二階に向け走り上がった。その時、藤吉が現れた。嘉一郎が無言で刀の鞘を走らせ、藤吉の巨体は大音を立てて階段に倒れた。さらに白刃が身体を突き刺している。

「ほたえなや（騒ぐな）」

龍馬は怒鳴った後咳き込み、小さな声になった。

「階段ぐらいはゆっくり歩け」

龍馬は藤吉が階段を踏み外したと勘違いしている。その声に勝策らは座敷に踏み込んだ。

不思議に恐怖は感じなかった。勝策はじっと正面に座っている龍馬の顔を見た。長崎で屈辱的な仕打ちを受けて以来、忘れることのない大きな顔が、病のためか青白く歪んで見えていた。

腰を据え、刀に手を添えて一気に飛び込み、まるで郷里大洲の肱川から沸き上がる霧のように、頭の中は真っ白で、何も考えることもなく、目の前の鵜に向かって刀を走らせ、片膝をついて腰を沈めて近寄った。狭い部屋での中での戦い方を調練してきた動きを二人はとった。

龍馬はその若い男の顔に見覚えがあった。男の身体が迫ってくるのに、

「何者だったかなあ」

怪訝そうな顔に一瞬の隙ができていた。

「こなくそ」

思わず嘉一郎の口から大洲言葉が叫ばれる。

「こなくそ」

勝策も叫びながら、最初の一撃を加えていた。

嘉一郎は片膝をついたまま一気に中岡慎太郎の頭に刀を振りおろして頭に斬りつけ、勝策は片膝をついて腰を沈めたまま、座っている龍馬の正面から斬り下ろして前頭部を断ち割った。

ガッ、と音がして、刀に確かな手応えを感じた。

龍馬も中岡も、何が起きたのか、とっさには分からなかった。ただ目の前を白い光が走ったのしか見えなかった。それほどに凄い、男たちの剣技でもあったのだ。そこに凄まじい執念がこもっていることまでは分からない。

龍馬の前頭部から、血潮が霧のように噴出し、白い脳漿までも流れ出すほどの深い斬り傷である。それでも龍馬は床の間の刀を手にとったが、相手は抜く暇を与えてはくれない。第二刃の鋭い太刀風が響き、右肩から左の背骨にかけて、全身が震えるほどの重い衝撃を受けた。

さらに三撃目が襲った。ようやく握った刀の鞘で受けようと、立てた刀の鞘先が天井を突き破って動かない。相手はその鞘を断ち切り、刀身までも削り取って、身構えた龍馬の前額を横薙ぎに斬り払った。

「ウッ」

龍馬の身体はゆっくりと倒れた。身体が火鉢に当って、鉄瓶の湯が灰を舞い上がらせている。

「石川、石川、刀はどこだ」

低い声で中岡の偽名を読んだが、中岡も刀を取る暇を与えられていない。信国の短刀で戦ってみたが、相手の左腕に浅い傷を負わせたのみで、頭の次に手足を斬られていた。右手の傷は手首がぶらぶらと下がるほどの深手である。

次第に気が遠くなった時、刺客はさらに龍馬の腰部を断ち割るように横に薙ぎ払った。ずんと音がするほどの深い傷である。

「六、もう終わった。鵜の首は取った。そちらの止めはいらぬ」

刺客は意味不明の言葉を言うと、倒れている中岡には止めをさせなかった。

勝策は蠟色の鞘を火鉢のそばに投げ捨てると、悠然と刀を鞘に収めて階段を降りた。嘉一郎は握った刀が手から離れず、一本一本と指をはがして、やっと鞘に入れた。

龍馬は血の流れる畳の上を這っていた。

「無念じゃなあ。ここで死ぬのは残念じゃ。それにしても凄い剣の使い手じゃった」

二人の男が静かに階下に降りて去って行くのに、龍馬は次の間まで這いながら、

「新助、医者を呼べ」

すでに意識が遠くなってきている。

「慎太、わしゃもう駄目じゃ。脳をやられてしもうた。……もう駄目じゃ」

それだけ言うと龍馬は息を引き取った。享年三十三歳。

龍馬の血は手摺りを伝って下の廊下にまで滴り落ちている。階下は静まり、必死の思いで中岡は裏の物干しまで出て、隣家の屋根に這い上がって動かなくなっていた。手頸と腰からの出血で、屋根瓦が鎌槍形の月の光りに映えていた。

その頃、近江屋新助は階上の異変に気付いて、妻子に布団をかぶせて隠すと、裏口から土佐藩邸に走り込んで凶変を知らせたのである。

ところが、この報告を受けた下役人の島田庄作という武士は不可解な行動をとる。近江屋に来たものの、刀を抜いて壁際に立ち、中に入ろうとしない。そこに、ようやく軍鶏を買い出した峰吉が帰ってきて、島田を見ると、

「島田さん、何をなさっておられるので」

「おう、峰吉か、奥で坂本さんが賊に襲われている。出てきたら戦うつもりじゃ」

「冗談ばかり、中には中岡様もおられますねん」

その時、奥からうなり声が聞こえてきた。屋根に倒れている中岡の声に、峰吉は飛び込んで階段を走り上がった。階段の途中に藤吉が倒れ、まだ生きていた。うめき声が小さく聞こえた。

部屋中に血の匂いが鼻につくほどで、峰吉は奥に人の気配がないのに、階下に降りて島田を

呼び込んだ。

「島田さん、もう敵は誰もいませんよ」

島田、新助、新助の弟新三郎が二階に上がってきた。

「屋根に中岡さんがいます」

峰吉の声で、新三郎は屋根に上がって中岡の身体を担ぎ入れ、八畳間に横たえた。途中、その無惨な傷と血の匂いで汚物を吐いたほどだ。

土佐藩屋敷から曽和慎八郎、知らせを受けた谷干城、毛利恭助も駆けつけてきた。集まった皆の目は血走り、怒りで身体が震えているのが分かる。

「龍馬、死ぬなよ。死んではならんぞ」

すでに息の途絶えた龍馬に、毛利恭助の叫びが空しい。

龍馬を、血の海の八畳の間から二人で抱えて、次の六畳間の部屋に移したが、すでに絶命していた。中岡は深傷だが、気丈なだけに意識を取り戻していた。藤吉はすでに気絶している。

中岡は左肩から右腹に斬り下げられた傷が致命傷のようだ。畳の上にはすでに血の流れが染み通るほど流れているのに、息はまだはっきりとしている。

谷干城はそんな中岡を必死の形相で抱き起こし、

「慎太郎、誰にやられた。傷は浅い、しっかりせい」

中岡は深傷のわりにはしっかりとした口調で、

「こなくそ、と言うて斬りかかってきた。あれは土佐者かな」

「馬鹿なことを言うな。陸援隊長と海援隊長を襲う土佐者がおるものか。新撰組の仕業と違うか。よく思い出せ。きっと犯人は捜し出して処罰しちゃるけの。しっかりいたせ」

「龍馬はどうなった。大丈夫かよ」

谷は静かに頭を振った。その目に涙が湧き出している。

「そうか、駄目か、惜しい人を亡くしたなあ」

中岡はそれだけ言うと失神した。がくっと折れた頭を抱えて、谷は大声で階下に叫んだ。

「医者はまだかあ。しっかりせい」

谷の大声に、中岡は薄く目を開けた。

「わしは大丈夫じゃけ、他の者の手当を頼む」

谷はその言葉に思わず大声で泣き出していた。

「慎太郎、龍馬の仇は地の果てまで捜し出して取るけんの」

谷の言葉に中岡はうんうんとうなずいた。駆けつけた者たちも必死に元気づけた。

中岡は医者の手当をうけた後、二日後に息を引き取った。享年二十九歳。

重傷の身で、これからの土佐藩のことを、谷干城や田中顕助らの同志に細かく指示を与え続けながら、息を引き取った。最後まで自分が死ぬとは思っていなかったようだ。

藤吉も出血多量でこの前日に息を引き取った。


「そうか、見事に坂本を仕留めたか」

伊東甲子太郎は腰を浮かせて、報告に来た服部武雄の手を握った。

「あの者たちはどうした」

「若い方が少しの手傷を受けておりますが、命に別状はありませぬ」

「そうか。して、どこに」

「宿舎にて休ませております」

「いかんな、それは危ない」

伊東は少し考えた後、

「わしは薩摩屋敷に出向く。あの者どもの処分をどうするか決めてくる」

「はあ、あの者たちの落とし先は決めてなかったのですか」

「私が帰るまで待っていてくれ」

伊東はすぐに薩摩屋敷に大久保一蔵を訪ねた。待っていたとみえ、大久保はすぐに現れた。

その目には不安感がある。

「どうだった、首尾は」

「見事に鵺退治は終わりました」

「そうか、そうか、鵺の首をとったか」

満足そうに呟くと、紫色の服紗に包んだ金を差し出した。

「これで何かうまい物でも隊士に食わせてくれ」

「はっ、ありがとうございます」

「それで二匹の獣じゃが、早急に処分してくれ」

「はっ、と言われますと」

「あれは獣と申したであろう。生きていて喋られては面倒じゃ。私も後藤さんもじゃ」

「そうでした。獣でした」

伊東はそそくさと退出し、宿舎に走って帰ると、すぐに服部武雄と密かに打ち合わせた。

伊東の顔は今まで見たこともない真剣な顔付きであった。服部もやはり神妙な顔付きで、時々溜め息が漏れている。

「やむを得ません」

服部はようやく納得した。

（可哀相に、使い捨ての駒になったのか。あれだけの大物を暗殺したのだから、一躍世間では英雄扱いされただろうに。だが、この仕返しが猛烈なものになるとは思っていたであろうが、身内に処分されるとは、考えもしなかったであろう）
あの若者二人に同情心さえ起きていた。
隊長命令は服従せねばならぬ。しかも暗殺を仕組んだ大物からの処刑命令は、絶対的なものであった。服部には政治のことは分からないが、その暗い部分を覗いたようで、不快感のみが頭を支配していた。だが、彼らを処分せねばならないのだ。

剃髪

「おい、嘉一郎、すぐにこの宿を引き払うぞ。嫌な予感がする」

勝策は左手の傷の手当をすませた嘉一郎の耳に囁く。

「頭髪を剃り落とすから、湯を用意してくれ」

「頭の毛を削るのですか」

この京都から脱出するには、坊主姿しかあるまい。あの伊東という男、信用できぬ。今度の坂本龍馬を襲ったこと、どうも仕組まれているように思われてならぬ。我らは鵜の首をとれば目的は達せられるから黙っていたが、終わった後が危ない。こちらに牙を向けてくるような気がするのだ。今夜が一番危ない。すぐに脱出する」

「そんな、服部様も伊東様もこちらの味方ではないのですか」

「服部さんは何も知らされてはいまい。伊東さんの後ろに黒幕がいるような気がしてならぬのじゃ。我らが生きていては困る連中がいるようだ」

「なぜ教えてくれなかったのですか」

「我らには関係ないことよ。我らの目的は坂本の首、それは成し遂げた。後は我らの知ることではないからよ。肝腎なのは、その連中から逃げることよ。これからが正念場じゃ。犬死にだけはごめんじゃ。長崎以来、汚い連中の陰謀は嫌というほど見聞きしておる」

いつ用意したのか、勝策は押し入れから風呂敷包みと杖を二本取り出してきた。

「これで坊主に化ける。もう刀はいるまい。道中差しだけで十分だ」

意味が分かったのか、迫ってくる得体の知れない恐怖を感じながら、嘉一郎は階下に降りて、手桶に水を汲んできた。物音がしないように用心して歩く。

そこに火鉢にかかった鉄瓶の湯を注ぎ、勝策が用意した剃刀を取り上げた。

「よし、わしから剃ってくれ。これで武士ともおさらばだ」

坂本龍馬を斬った興奮からまだ冷めてはいない。

勝策の頭が髪が消えて青くなると、今度は嘉一郎の頭に剃刀が当った。

「早く着替えよ。すぐに宿を出る。見張られているやも知れぬから、裏口から逃げる」

すでに昼間、宿賃の清算はすませていた。外は粉雪が舞い始め、身震いするほどの寒気が二人を襲ったが、興奮しているのか、あまり寒さは感じない。

「船を用意してある。川岸まで一気に走れ」

二人の僧衣が風に舞い、川に繋いである小舟に飛び乗った。舟を扱うのは得意である。

その川面に、今夜まで着けていた衣服と持ち物を、そっと投げ捨てた。闇が舟を隠し、櫓の音だけが聞こえている。

服部武雄と三人の御陵衛士隊が、二人の宿に密かに踏み込んだ時には、部屋はもぬけの殻であった。すでに冷たい空気が充満し、彼らが去ってからの時を感じさせた。

「逃げられたな」

隊士の一人が思わず叫んだが、服部は、

「騒ぐな、夜中だぞ。他の部屋には客も寝ていようぞ」

内心では逃げてくれたことにほっとしていたのだ。一緒に龍馬を襲撃したことは口が裂けても口外しないと誓い合った仲間である。それを斬れとの隊長命令は無視できずに、ここまで来たが、戦いたくもなかったし、斬りたくもなかった。

「帰るぞ、この闇の中では捜しようがあるまい」

一緒に来た隊士を促して宿舎に向かった。

（どこまでも存命してくれよ）

寒空に必死で逃げている二人のことを案じていた。

坂本龍馬と中岡慎太郎を襲撃した犯人は、彼らの目論見通り、残された遺留品から、新撰組の襲撃か、紀州藩の用人三浦休太郎の策謀と世間には噂された。

錦の旗

大村益次郎発案の、洋式の服装と鉄砲や大砲で軍備された、町人や農民で組織された新政府軍は、鳥羽・伏見の戦いの勝利に酔いながら、天皇から賜わった錦の御旗を先頭に、東海道を北上して江戸を目指していた。品川弥二郎作といわれる歌を大声で響かせている。

宮さん　宮さん　お馬の前に　ひらひらするのは何じゃいな
トコトンヤレ　トンヤレナ
あれは朝敵征伐せよとの　錦の御旗じゃ　知らないか

トコトンヤレ　トンヤレナ

坂本龍馬が近江屋で暗殺されてから、わずか一カ月後のことであった。龍馬の死後、薩摩、長州の武力によって成立した新政府の方針通りに、改革の道は進んだのである。

一方、京では連日、血腥い事件が起きていた。中岡慎太郎が息を引き取った翌日、伊東甲子太郎が新撰組に襲われて死亡。さらに急を聞いて駆けつけた御陵衛士隊士が、待ち伏せていた新撰組隊士によって襲撃を受けた。この時、服部武雄が原田佐之助に斬られて死んでいる。


その頃、二人の男が白い巡礼姿で、髪を落とした青い頭を光らせ、冬の寒い風に向かって、東海道を西に黙々と歩いていた。誰もその姿に目を留める者もない。杖に結んだ小さな鈴の音が可愛らしく響いている。それが井上勝策と豊川嘉一郎の変わった姿であったかどうかは分からないが、その二本の杖に小さく墨書きされた「六左衛門様慰霊」「同行二人」の文字が、埃にまみれて薄く見えていた。

いつの間にか木枯らしに混じって粉雪さえ舞い始めている。裸足に草鞋の足は真っ赤になってはいたが、二人の歩みには少しの乱れもなかった。

風の音が時々、ヒューと鋭い音になって舞い上がっていた。

あとがき

この小説を書こうと思ったのは、ある新聞の一文を読んだことがきっかけである。大学教授の文章で、坂本龍馬の暗殺に伊予大洲藩の「いろは丸事件」が関っているのではないか、誰かぜひ書いてほしい、とあった。そこには、愛媛県大洲市の播田邦生氏の著書『赤坂泉由来記いろは丸異聞』が紹介され、坂本龍馬から欺かれた伊予大洲藩の詳細が述べられていた。そして、龍馬の暗殺犯人の可能性について「大洲藩士も加えるべきだ」との意見も加えられていた。

私も以前から、「こなくそ」と叫んで斬りかかったという中岡慎太郎の証言から、四国地方の方言と考えていたので、目の前が明るくなり、黒幕は大久保利通、さらに後藤象二郎が嚙んでいると思いながら調べて、さらに確信を持ったのである。

幕末当時は今のようにマスメディアが発達しているわけでもなく、事件や人物は全国的に知られることは少なく、一部の者たちにしか龍馬の詳細は分からなかったはずで、龍馬の関係した事件や関係者の中に犯人に繋がる者が必ずいたはずだ。

思いの半分も書き残すことはできなかったが、丹念に資料を調べて、小藩ゆえに大洲藩が侮られた無念をしっかりと書いたつもりである。

だいぶ前になるが、大洲駅前の旅館に結婚式に招かれたことがある。純朴で無骨な人たちに囲まれて深酒をしてしまった。その時の人々の正直さ、素朴さに、幾分の恩返しをしたような気持ちである。

本書には、多くの研究者、作家の資料などを引用、参考とされていただいた。紙上を借りてお礼を申し上げます。さらに大洲市立博物館のご協力に厚くお礼申し上げます。

この作品は長崎県佐世保市で、九州公論社発行の「虹」に二〇〇七年六月から一年間連載していただいた。「虹」はすでに六七〇号を超すという長い間刊行されている郷土誌で、河口憲三氏の後を継いで河口雅子さんが主幹とし大事に守り育て発行されている。河口雅子氏には「刊行に寄せて」の文章をいただくことができた。ありがとうございます。また、今回の出版は、海鳥社の西俊明社長にお世話になった。

二〇〇八年八月

和田武久

【参考史料】

『大洲市史』大洲市史編纂会編、一九九六年
「平戸史談」（一〜一六号）平戸史談会編
『幕末の長州――維新志士出現の背景』田中彰著、中公新書、一九六五年
『幕末の薩摩――悲劇の改革者　調所笑左衛門』原口虎雄著、中公新書、一九六六年
『赤坂泉由来記　いろは丸異聞』播田邦生著、人の森出版、一九九五年
『長崎県の歴史』瀬野精一郎他著、山川出版社、一九九八年
『峠から日本が見える』堺屋太一著、新潮文庫、一九八九年
『人物群像　日本の歴史15　維新の大業』学習研究社
『別冊歴史読本　坂本龍馬の謎』新人物往来社、一九八五年
『勝海舟』石井孝著、吉川弘文館、一九八六年

和田武久（わだ・たけひさ）1941（昭和16）年生まれ。本名は武文。長崎県松浦市出身。著書に『異国の地に輝きあり』（読売新聞社）『地獄で鬼が驚いた　生月鯨太左衛門死絵』（葦書房）『海寇　国姓爺一族への鎮魂歌』上下（葦書房）、本書にて長崎県文学賞奨励賞を受賞する。松浦市文化協会会員、西日本文化協会会員。現在、松浦市在住。

鵺退治《ぬえたいじ》　坂本《さまもと》龍《りよう》馬《ま》暗殺《あんさつ》異伝《いでん》

■

2008年9月16日発行

■

著　者　和田武久

発行者　西　俊明

発行所　有限会社海鳥社

〒810-0074　福岡市中央区大手門3丁目6番13号

電話092（771）0132　FAX092（771）2546

http://www.kaichosha-f.co.jp

印刷・製本　九州コンピュータ印刷

［定価は表紙カバーに表示］

ISBN978-4-87415-694-0